Canalha,
substantivo feminino

Martha Mendonça

Canalha,
substantivo feminino

3ª EDIÇÃO

EDITORA RECORD
RIO DE JANEIRO • SÃO PAULO
2013

CIP-BRASIL. CATALOGAÇÃO NA FONTE
SINDICATO NACIONAL DOS EDITORES DE LIVROS, RJ

Mendonça, Martha
M494c   Canalha, substantivo feminino / Martha Mendonça. –
3ª ed.   3ª ed. – Rio de Janeiro: Record, 2013.

ISBN 978-85-01-09170-3

1. Crônica brasileira. I. Título.

CDD: 869.98
10-5763   CDU: 821.134.3(81)-8

Copyright © Martha Mendonça, 2010

Capa: Marcos Marques

Foto da autora: André Arruda

Texto revisado segundo o novo Acordo Ortográfico da Língua Portuguesa

Direitos exclusivos desta edição reservados pela
EDITORA RECORD LTDA.
Rua Argentina 171, Rio de Janeiro, RJ – 20921-380 – Tel.: 2585-2000

Impresso no Brasil

ISBN 978-85-01-09170-3

Seja um leitor preferencial Record
Cadastre-se e receba informações sobre nossos
lançamentos e nossas promoções.

EDITORA AFILIADA

Atendimento e venda direta ao leitor:
mdireto@record.com.br ou (21) 2585-2002

Para a amiga Claudia Valli —
que estava no começo de tudo

Para Nelito Fernandes —
que não fugiu depois de ler o livro

"Eu não sou má. É que me desenharam assim."

Jessica Rabbit

Larissa
20 anos
Ex-estagiária

Na primeira vez que vi o Luiz Fernando, ele estava fumando no corredor, acompanhado de duas moças do Departamento Comercial. Era meu primeiro dia no estágio e eu ainda arrumava um cantinho para as minhas coisas quando percebi que ele me olhava. Fingi que não era comigo e me arrependi de ter vestido uma minissaia. Ainda não havíamos sido apresentados e eu queria parecer... decente. Bom, eu sou uma garota decente, mas, como dizem por aí, não basta ser... tem que parecer também. Quando eu já estava terminando de arrumar a mesinha de canto que me arranjaram, o Julio, subgerente do departamento, me chamou.

— Vou te apresentar a quem manda — ele disse.

Vou ser sincera: a ideia de alguém que *manda* — e que não seja o meu pai, naturalmente — mexe comigo. Professores, gerentes de banco, até guardas de trânsito provocam uma estranha reação no meu corpo. E aquele era o cara que poderia me arrumar meu primeiro emprego! Foi assim:

— Larissa...? Sabe que eu tinha uma prima que eu adorava com esse nome? — enquanto falava, Luiz Fernando apagava o cigarro bem devagarzinho no cinzeiro, tanto tempo que parecia estar apagando um incêndio. Então encostou de leve a mão na minha cintura e me levou para a sala dele.

Tem mulher que não sabe perceber a diferença entre carinho e abuso. Não é fácil mesmo. Um cara mais velho pode encarar você como uma filha ou como uma mulher quando pega na sua cintura e te conduz a algum lugar, como quem controla uma dança. Alguns conseguem ser sutis. Mas não o Luiz Fernando. Ele é o tipo do cara que acorda todos os dias pensando em quem vai comer. Ninguém me disse, mas eu vi logo. Em apenas seis horas daquele dia, não houve colega, secretária, visitante ou faxineira cujo material ele não tenha avaliado. Sei que é normal um cara olhar para uma ou outra mulher bonita. Mas ele olhava para todas, sem exceção, bonitas ou feias, gordas ou magras, novas ou velhas. Ostensivamente.

Enquanto perguntava se eu preferia começar pela área de criação ou pelo atendimento ao consumidor, Luiz

Fernando ziguezagueava os olhos em busca de um corpo feminino qualquer. Parecia que precisava disso tanto quanto de ar. Sem exagero. Sentei-me em frente a ele. Conversamos sem que ele tirasse o olho das minhas pernas.

— Queres o atendimento ao consumidor? Maravilha! Começas já!

No início foi tranquilo. Me acostumei ao jeito do cara, olhares, risinhos, mas não passava disso. Até a festa de cinco anos da companhia, algumas semanas depois. Eu tomava um drinque um pouco desenturmada e, enquanto analisava um canapé, ele se chegou:

— Você tem idade para beber...?

Os homens são sempre assim: quando têm alguém interessante na mira, só sabem fazer brincadeiras sem graça, piadinhas bobas, comentários idiotas. E por que diabos ele nunca abandonava aquele risinho malicioso, em qualquer situação? Será que era assim até dormindo? Mas eu tinha acordado inspirada naquele dia e vestia a blusa preta de que mais gosto — uma que aperta meus peitos, que ficam parecendo maiores — e me dá a maior segurança. Então entrei numa de ver até onde ele iria:

— Ah, você me pegou... Quanto você quer para não me denunciar...?

O rosto do Luiz Fernando se abriu. Claro, ele não esperava que eu desse corda. Até aquele dia eu estava ocupada em parecer... decente.

— Vamos ver... O que é que você tem para me dar?

Me deu vontade de rir. Ele achava, achava mesmo, que era o dono da situação! Estava escrito na testa dele: "Eu, Luiz Fernando Toledo do Amaral, 43, 44 anos, por aí... MBA em Marketing, casado, pai de três crianças, pneuzinhos começando a aparecer na cintura, ainda sou fo-dão!!!" Deu um pouco de pena do cara.

Mas era tarde demais.

— Ah, não sei... Olha para mim, chefe, como será que uma poooobre estagiária como eu poderia pagar uma bondaaaade dessas...?

Os tiques dele começaram a aparecer. Eu só tinha reparado que os olhos piscavam em separado quando ele ficava ansioso. Mas então apareceram estalos repetidos no maxilar e um negócio esquisito com o braço, como se quisesse puxar a calça para cima, mas fosse maneta. O cara estava nervoso. Tive que me segurar para não gargalhar. Como ele ficou sorrindo sem dizer nada, eu fui em frente:

— Sabe que outro dia me disseram que você tinha mais de 40 anos?! — Eu não acreditei!! Você parece tão novo...

Estufou o peito. Até que ele não era de todo mau. Dei uma olhada nada sutil, dos pés à cabeça. Fiz cara de gulosa. Ele percebeu, orgulhoso:

— Estou melhor hoje do que aos 25...

Chegou Julio, o sub, e o papo ficou por ali. Fui embora logo depois, aproveitando uma carona. No fim de semana nem lembrei da existência do cara, a não ser quando me vestia para trabalhar, na segunda. Eu já sabia o que me esperava. Afinal, tem coisa mais previsível do que homem? Olhares, gracinhas, piadinhas e — claro — e-mails.

Não deu outra. Abri meu correio, ele já estava lá. E cedo: 8h02. Será que madrugou só para me mandar uma mensagem? Não, deve ter sido de casa, quando a "patroa" entrou no banheiro ou saiu para levar as crianças na escola...

E aí? Descobriram que você bebeu? Pensei que hoje você ia estar no xadrez...

Levei um tempo para entender. Fala sério: o cara estava voltando à piada de três dias antes — que nem engraçada era! Vi que ele estava me encarando lá da sala dele. Dei um meio sorriso, fingindo estar muito satisfeita com a mensagem. No fundo eu estava. O assédio não me incomodava. Não que quisesse de verdade alguma coisa com ele. A verdade é que aquele atendimento ao consumidor estava para lá de chato e brincar um pouquinho com o metido a gostosão era bem divertido. Não, não, ele não era de se jogar fora. Um dia deve ter sido até bem bonito mesmo. Há uma década pelo menos, ha ha ha! Hora do show:

Bom-dia, LF. Não, estou solta ainda. Quem eu queria que me prendesse não me prendeu...

Queria saber como é que eu sou tão corajosa! Fiquei ali fingindo que digitava alguma coisa, só de olho na cara dele quando recebesse minha mensagenzinha. Segundos depois, abriu um largo sorriso. Engraçado que era uma expressão um pouco diferente da cara padrão. Não era aquele sorriso malicioso de canto de boca. Será que o cara estava feliz mesmo? Fiquei achando que sim. E estava certa. Trocamos e-mails durante todo aquele dia. Depois passamos para o MSN. Em menos de meia hora estávamos falando de nossas vidas. Antes das três da tarde eu já sabia que ele era infeliz no casamento, que a mulher só sabia gastar dinheiro, inventar obras na casa e ir à academia. Luiz Fernando parecia cumprir um roteiro clichê de homem infeliz. Apostei comigo mesma que até o fim do expediente ele ia dizer que os dois nunca trepavam. Nem demorou tanto assim.

O pior, Larissa, o pior mesmo é que sexo que é bom... nada!

Ah, coitado! Sexo-que-é-bom-nada com a patroa até acredito, mas e as fofocas gerais de que ele tinha papado as duas últimas secretárias, a diretora comercial e a chefe do administrativo? Conta outra, Luiz Fernando!! Mandei:

Juuura?
Meu Deus.
Sua vida deve ser um inferno...

Eu estava sendo muito cabotina. Muito canastrona. Mas ele não percebia nada. Como é que não desconfiava daquela facilidade toda? Será que nem de longe passava pela cabeça do Luiz Fernando que eu estava gozando da cara dele?

Não passava. Eu soube disso quando recebi flores no dia seguinte. No cartão, um agradecimento por ouvir seus "desabafos". Olhei para aquelas rosas vermelhas com uma certa ânsia de vômito. Que homem mais ridículo!

Eu já estava decidida a cortar aquela palhaçada toda, mas tive que substituir a assistente da chefe do meu setor na reunião da tarde. Enquanto todo mundo se ajeitava à mesa de reuniões, o Julio contava que tinha batido de carro naquela manhã. Tinha sido fechado por uma "perua dirigindo uma perua", segundo ele mesmo. Risadaria geral dos machos presentes. Então uma frase do Luiz Fernando entrou embaixo da minha unha.

— Mulher não sabe dirigir a própria vida, vai querer dirigir carro?

Como as duas únicas mulheres presentes além de mim fizeram cara feia, mas nada disseram, também me calei. Mas comecei a achar meu chefe mais interessante a partir dali. Se um dia eu desejei levar um cara ao fundo do poço, a hora era aquela. E a dele mais ainda.

Durante duas semanas bati o recorde internacional de morder e assoprar. Mandava e-mails e torpedinhos eróticos pelo celular. Até que ele me chamou para sair. Mas havia sempre uma desculpa: é aniversário de casamento dos meus pais; amanhã vou acordar cedo para tirar sangue; acho que vai chover e estou com dor de garganta; tenho prova amanhã e preciso estudar; estou na TPM; meu irmão brigou com a namorada e precisa de mim; dormi mal a noite passada; meu pai pediu que eu fosse à reunião de condomínio; minha pressão está muito baixa; amanhã tenho prova de novo.

Mas não vejo a hora de estarmos sozinhos em algum lugar, LF...

Os tiques do cara atacavam direto. Principalmente aquele do maneta puxando a calça. Eu estava deixando o cara nervoso. Juro que sentia um pouco de pena, às vezes. Poucas vezes. Só quando eu ficava imaginando se alguma mocinha por aí já tinha feito o mesmo com o meu pai. Mas passava logo, diante de como tudo aquilo era divertido. Sempre que eu dava um novo passo imaginava que ele ia finalmente perceber que eu era uma... filha da puta. Ia me mandar catar coquinho, pentear macaco — expressões bem da idade dele — ou ir para aquele lugar mesmo. Eu ia ser desmascarada, estava na cara. Incrivelmente ele não se tocava. Eu já pensava assim: poxa, eu nem tenho culpa do que está acontecendo... Dou toda a pinta de ser uma grande sacanagem e ele não percebe. Uma coisa que eu me recuso a fazer é explicar piada! Então, fui em frente:

LF, eu preciso contar uma coisa pra você.
Estou dando desculpas pra gente não sair.
É que eu tenho um namorado...

A resposta, eu achava, ia ser na linha: eu não me importo, também sou comprometido, quero ser seu amigo, coisa assim. Mas foi mais:

Larissa, não há nada que possa impedir que a gente se conheça melhor.

Ui. Essa foi de dramalhão mexicano. Achei que podia fazer o grande teste. Eu estava de saco cheio da assistente da minha chefe. Ela faltava demais, me sobrecarregava de trabalho e, quando as coisas davam certo, era sempre ela quem levava os parabéns gerais. Não ia ser nada mau ficar sem ela.

LF, além da culpa por causa do meu namorado, eu ando muito estressada, muito mesmo, aqui no trabalho. Outro dia chorei no banheiro e tudo. Sabe a Marina?

Ele sabia. Marina foi demitida na semana seguinte. Por faltas. Ah, ela fazia corpo mole mesmo, não chegou a ser uma injustiça. Me passaram as funções dela e aumentaram a grana que me pagavam pelo estágio. Legal, mas eu nunca fui carreirista, não. Não tinha grande ambição profissional ali. Eu queria mesmo era ver até onde poderia ir com meu chefe — que agora tinha um tique novo: inclinava o pescoço para o lado direito a cada minuto e meio. É, eu contei. Para me distrair enquanto, num almoço, ele falava que tinha voltado a malhar e dava detalhes sobre os aparelhos supermodernos da academia. Noventa e sete, noventa e oito segundos mais ou menos, entre um tique e outro.

— Poxa, LF, você em forma vai ficar uma coooooisa...
— Vamos sair hoje...?
— Você não vai acreditar, mas hoje à noite eu vou enrolar cajuzinho pra festa junina lá do prédio...

Eu ia ser desmascarada agora. Festa junina do prédio era demais. E a gente ainda estava no fim de maio! Só que não tinha dado tempo para pensar em coisa melhor. Foi o que pensei na hora, mas ele respondeu apenas:

— Ah, é? Sabe que eu adoro festa junina?

O cara me-re-ci-a ser sacaneado. Alguém que engole ou mesmo finge que engole uma enrolação dessas em nome de uma trepada a mais no currículo merece ser feito de palhaço! Naquela noite eu fui dormir pensando se ele não estaria tirando onda com a minha cara, assim como eu tirava com a cara dele. Mas alguma coisa me dizia que não.

No dia seguinte tive uma revelação que me fez ter certeza. Luiz Fernando, o garanhão da cabeça de para-brisa ligado, simplesmente não olhava mais para ninguém! O cara passava o dia trocando mensagens comigo, contando da mulher megera, do filho desnaturado, do presidente da empresa idiota, da taxa de colesterol alta. A prova final foi quando a Doralice, secretária do diretor financeiro, foi à sala dele deixar uns papéis. A mulher era a gostosa-mor: bundão, peitão, pernão, bocão... e cerebrinho, claro — mas isso não vem ao caso. Vem ao caso que ela entrou no recinto do cara, ele fez um gesto para ela largar os documentos na mesa dele e continuou escrevendo para mim. Sequer levantou a cabeça pra dar uma sacada no decote! Eu tinha um homem pra chamar de meu. Mesmo que fosse cheio de pneu, ha ha ha.

Diante da minha descoberta, resolvi fazer um agradinho. Teclei:

Sonhei com você essa noite.
Acho que apesar da culpa por causa do meu namorado,
não vai dar pra eu resistir.
Saímos amanhã à noite?

Na verdade era um agradinho meio torto. É que antes da Doralice entrar na sala do Luiz Fernando, vi a secretária comentar com a colega que no dia seguinte ele fazia aniversário de casamento. Pois é. E tinha pedido para ela reservar uma mesa especial no melhor restaurante da cidade. Melhor e mais caro. Óbvio que ele não ia desmarcar a comemoração para sair comigo. Mas eu estava me roendo para saber a reação dele. A resposta não veio. Me virei para dar uma olhadinha na sala dele. O cara estava parado em frente ao monitor. Parado, não. O tique do pescoço se repetia, no máximo, de dez em dez segundos. Foi nessa hora que o boy, Jefferson, passou por mim:

— Tá rindo de quê, Larissa?

Eu nem tinha reparado que estava rindo olhando para o cara. Precisava ser mais discreta. Mas aquilo era a coisa mais engraçada que eu já tinha vivido. Não chegaram mensagens do Luiz Fernando por quase meia hora. Levantei para ir ao banheiro. Tomei o caminho mais longo só para passar na porta da sala dele. Aproveitei que estava meio vazio por ali e bati no vidro da porta. Quando me viu, ficou sem ação. Dei meu melhor sorriso e — que canastrice — passei a língua nos lábios. Sorriu amarelo e passou a mão na testa como quem quer dizer que está muito atarefado. A-hã. Atarefado pensando numa resposta que não ponha tudo a perder!

Não trocamos mais mensagens. Fui embora com a pulga atrás da orelha. Naquela noite sonhei que brincava de jogar a bola na boca do palhaço numa festa junina. O palhaço tinha a cara do Luiz Fernando.

Cheguei ensopada ao trabalho no dia seguinte. O céu estava desabando, a cidade alagando. Abri o e-mail. Mensagem dele do dia anterior. Mais de dez da noite, pelo jeito o cara fechou o escritório.

Ok. Vamos aonde, meu amor?

Como assim? Não era o aniversário de casamento? Essa me pegou. E "meu amor"??? Olhei para a salinha, ele ainda não tinha chegado. Eu precisava pensar em alguma coisa. Fui até a secretária dele:

— Rose, ligou uma pessoa para o meu ramal, queriam marcar qualquer coisa hoje à noite com o Luiz Fernando, mas não ouvi direito porque a ligação estava ruim...

— Manda aqui pra mim se ligarem de novo. Mas hoje à noite nem pensar. Vêm uns japoneses aí, ele vai ter que levar para jantar... Até desmarcou uma comemoração com a mulher...

Dava para acreditar naquilo???? O cara desmarcou a comemoração de bodas de prata com a mulher... para me comer! Soltei uma gargalhada. Fiquei meio histérica, confesso. Me senti poderosa e ao mesmo tempo com a maior raiva do Luiz Fernando achar que eu era tão fácil que ia dar na primeira noite. Que babaca! Mal voltei para minha mesa, ele chegou. Cruzamos os olhares. Ele estava transbordando de ansiedade. Eu tinha que responder logo. E só havia uma resposta.

Te espero às sete na esquina, em frente ao McDonald´s. Vamos aonde você quiser. Não sei como vou aguentar esse dia passar...

A resposta não demorou e, mais uma vez, foi além do que eu imaginava.

Larissa, eu estou apaixonado por você.

Não sabia como responder a uma coisa dessas. Então coloquei o telefone no ouvido e fingi que passei o tempo todo entre um telefonema e outro. Na hora do almoço, dei uma sumida, antes que ele me rebocasse para o refeitório, como quase todo dia.

Apaixonado? Será? Um homem diz absolutamente qualquer coisa para comer uma mulher. Isso é fato. Eu acho até que ele é capaz de convencer a si mesmo disso, para ficar menos culpado, para justificar as puladas de cerca, as investidas antiéticas, as sacanagens sem fim. Eu queria que ele achasse mesmo que estava apaixonado. Aliás, desejava que ele estivesse, de verdade — embora eu não acredite que haja grande diferença entre as duas coisas. Ficaria muito mais divertido. Ou será que seria mais divertido se a intenção fosse só me comer? Tanto fazia.

É claro que eu não esperei ninguém às sete horas na esquina em frente ao McDonald's. Mas comprei um binóculo no camelô só para poder ver de longe a cara dele. Luiz Fernando esperou nada mais nada menos do que uma hora e quinze minutos. Na chuva. Disputou uma marquise com umas 17 pessoas. Olhou o relógio 120 vezes. Tentou me ligar umas 30 vezes no celular — que eu, estrategicamente, tinha desligado. Sabe, acho que eu gosto de números, talvez desista de publicidade para estudar estatística. Ha ha ha

Fui embora para casa pensando no que dizer no dia seguinte. As desculpas habituais seriam muito pouco. Então lembrei que a vizinha do 402 estava estudando enfermagem. Não foi difícil convencê-la a engessar meu braço esquerdo.

— Imagina, Vilma, que eu me meti a gravar um comercial de plano de saúde pra um trabalho da faculdade! Nós mesmos vamos ser os atores, eu sou a acidentada...

Contei a mesma lorota para os meus pais, que riram muito dos meus malabarismos para arrumar a cama e mudar de roupa. Foi chato não poder dormir virada para o lado esquerdo, logo meu preferido. Mas não poder contar com a mão direita seria bem mais complicado. Eu era uma louca, foi a última coisa que pensei, antes de cair no sono.

Quando cheguei ao escritório, Luiz Fernando já estava lá. Fiz a cara de dor e segui para a sala dele. Viu o braço e se levantou, me amparando:

— Larissa, o que houve?

— Fui atropelada. Estava indo te encontrar... Torci o braço e arranhei toda a minha coxa... e o bumbum... Você me esperou muito...?

A coxa e o bumbum danificados eram a desculpa perfeita pra eu não sair com ele nos próximos muitos e muitos dias. Engraçado que essa ideia eu tive na hora! Eu estava ficando profissional.

E os e-mails dele ficavam cada vez mais apaixonados. Eu retribuía no meu estilo morde-assopra. Para botar lenha na fogueira, mandei um torpedo dizendo que tinha terminado com meu namorado.

Eu já não aguentava mais que ele me tocasse. Só penso em você.

Em dois dias ele começou a dizer que queria se separar da mulher. Eu não dizia nada, mudava de assunto. Mas comecei a ter um incômodo. Largar tudo por minha causa? Até onde isso iria? No começo era só curiosidade. Depois virou obsessão. Só que havia um entrave. Se fosse mesmo verdade, ele jamais deixaria a família sem ter dado pelo menos umazinha comigo. Sufoquei a ideia por alguns dias. Mas passava meu tempo tentando colocar na balança perdas e ganhos de levar aquilo à frente.

Uma coisa era certa: eu não queria aquele cara de jeito nenhum. Era poderoso ali no meu ambiente, tinha dinheiro. Mas não fazia a minha cabeça. Nem por um mês ou dois para justificar eu namoraria ele. Deus me livre ser vista com um coroa! Até ali eu estava me divertindo em situações sem maiores consequências. Ele se separar não estava no script.

Só que, quanto mais eu tentava me convencer disso, mais eu não conseguia deixar de pensar no assunto. No fundo eu queria muito saber se ele faria mesmo aquilo por mim. Só isso. Simples assim. Mas não dava para depois eu dizer: "Olha, Luiz Fernando, agora que você saiu de casa, pode voltar. Eu só queria testar se você sairia mesmo."

Mas como é que a gente faz quando tem uma ideia fixa? Juro que cheguei a fazer aula de ioga para ver se me distraía com outra coisa. Mas, em vez de meditar, eu só pensava se ele estava me enrolando para me comer ou se era verdade que sairia de casa. Poxa, aquilo era uma grande questão! Era a forma de saber a dimensão do meu poder. Afinal, eu era uma boboca que o chefe quer pegar a qualquer preço ou era uma mulher que faria um homem abandonar sua família? Eu precisava saber. Simplesmente precisava.

Então botei meu bloco na rua. Só arriscando para saber se colava ou não.

LF, tenho pensando muito e acho que vou trocar de estágio. Tudo é muito complicado...

Fui direto ao ponto: eu era uma moça decente, não dava para me relacionar com um cara casado. Se tinha dado bola, é porque eu gostava muito, muito dele. Era difícil resistir, mas, sim, eu estava decidida a pedir minhas contas. Agora era esperar. Luiz Fernando também foi direto: queria mesmo o divórcio, era uma questão de tempo. De pouco tempo, ele assegurava.

Precisamos conversar com calma, Larissa. Fora daqui. Hoje.

Eu tinha que fazer a minha parte para chegar aonde queria. E a hora tinha chegado. Naquela noite esperei meu chefe, dessa vez de verdade, na esquina do McDonald's. Pontualmente ele me pegou em seu Toyota e fomos para um restaurante tranquilo. Luiz Fernando dispensou a discrição que convém a um homem casado e me beijou duas mil vezes. Não largou minha mão um só segundo, falou de como precisava ser feliz e chegou a imaginar como seria nossa casa. Por um momento achei que aquilo tudo seria suficiente para eu me convencer de que ele realmente estava disposto a largar tudo por mim. Mas, para crer, só vendo mesmo. E, é claro, não poderia ser a seco. Na sobremesa, ele sugeriu que fôssemos para o apartamento de um amigo ali perto. Estava com as chaves.

— O Leonardo vive viajando — me disse, ansioso pela minha resposta.

Então tá, né? Vamos encarar a questão. Havia um custo, mas o benefício era encerrar aquela história de uma vez por todas. E — eu esperava — com o final que eu imaginava. O apartamento era bem brega. Estátuas por todo lado, chão brilhoso, almofadas pelo chão. Coisa de novo-rico. Pelo jeito os amigos do Luiz Fernando eram uns idiotas endinheirados iguais a ele.

Caprichei na performance. Eu não era tão experiente assim, mas tinha um certo talento. Além de tudo, eu tinha um trunfo: minha juventude. A pele esticada, a bunda no lugar, os peitos redondinhos. Enquanto ele fazia a festa, fiquei pensando quantas vezes deveria fingir que gozava. Optei por uma só mesmo. Ninguém fica tão relaxada no primeiro encontro, em especial garotas decentes como eu. Ele ainda demorou, acho que queria se mostrar. Foi um saco. Fiquei contando as lâminas da persiana com motivos chineses do quarto — que cafona!

Quando ele acabou, ficamos abraçados um tempo. Pensei na morte da minha avó, que eu adorava, e consegui chorar.

— Estou me sentindo suja, Luiz. Suja. Não devíamos ter feito isso! Você é casado.

Até os maiores canalhas do planeta tremem um pouco nas bases quando veem uma mulher chorando. Só as bobas não se aproveitam disso. Luiz Fernando me abraçou:

— Larissa, Larissa, você foi a melhor coisa que aconteceu na minha vida, na vida sem sentido que eu tenho...! Não fique se julgando! Nós vamos ficar juntos. Amanhã mesmo vou pedir o divórcio.

Era hora de ser firme. Simulei um desespero.

— Amanhã, não! Hoje! Você tem que falar com ela hoje! Como é que você acha que eu estou me sentindo?

Luiz Fernando saiu de casa dois dias depois. Foi a maior confusão. Os filhos deixaram de falar com ele. Os amigos o recriminaram. O advogado avisou que ele sairia no prejuízo. Mas o melhor momento foi mesmo quando a mulher dele invadiu o escritório. Gritava que tinha certeza que ele estava comendo alguém dali. É, ela disse co-men-do. Toda fina, cabelo escovadão, bolsa Louis Vuitton, calça Diesel, unhas marrons... mas a maior barraqueira! Ninguém ali sabia que eu era o motivo da separação. Alguns desconfiavam, mas não tinham certeza. Fiquei na minha, assistindo ao rebuliço de camarote. No desfecho do escândalo, ela deu um tapa estalado na cara do marido. Foi um silêncio geral. Quebrado por uma gargalhada. Minha. Não pude evitar. Sorte que eles estavam na salinha e não ouviram.

Luiz Fernando queria dormir comigo naquela noite. Estava sofrendo. Eu disse que não ia dar, que meu cachorro estava doente.

— Você nunca me disse que tinha um cachorro, Larissa.

Pois é. E não tinha mesmo. Tenho dois gatos, mas cachorro convence mais nessas horas.

No dia seguinte não fui trabalhar. Tinha entrevista para um outro estágio. Luiz Fernando ligou para o meu celular, mas não atendi. À noite, quando cheguei em casa, ele estava me esperando na portaria. Pegou meu endereço na empresa. Fiquei morrendo de raiva. Como é que ele invadia assim a minha privacidade? Discutimos, ele disse que estava com a impressão de que eu fugia dele.

— Eu estou me sentindo pressionada, Luiz Fernando! Preciso de um tempo!!

— Um tempo???

Então ele ficou repetindo se eu sabia o que ele tinha feito por mim, para ficarmos juntos. Estava desesperado e cuspia quando falava. Me deu um nojo!

— Por mim? Você fez isso por você mesmo! Não estava infeliz, sua vida não era sem sentido? Não venha jogar nas minhas costas as suas decisões!

O porteiro vinha chegando e achei que era hora de encerrar aquele assunto.

— Olha, Luiz. Eu sou muito nova para me meter numa encrenca dessa, sabe?

Ele ficou mudo.

— É melhor a gente se afastar.

Ficou branco.

— Tchau, Luiz Fernando.

Estático.

Abri o elevador e subi, não sem antes dar uma olhada na cara dele. Era como se eu tivesse dito frases em chinês mandarim e ele não tivesse compreendido nada. Desliguei meu celular e não apareci mais na empresa. Telefonei e falei com o Julio que ia mudar de estágio e mandei meu irmão buscar minhas coisas.

Claro que o Luiz Fernando voltou para a mulher. E nem demorou muito, me contaram. Homem é assim mesmo: cagão de ficar sozinho. Outro dia eu o vi caminhando na praia — com ela. Engordou um pouco, cabelos mais grisalhos, talvez. Mas no fundo continua o mesmo: foi só uma gostosa passar de bicicleta que ele quase destroncou o pescoço para olhar. A patroa nem ligou. Deve estar acostumada. Quanto a mim, me formei e consegui meu primeiro emprego. Engatei um namoro com um colega da empresa. E no mês que vem me mudo. Vou morar sozinha. Enfim, estou dirigindo minha própria vida.

Ângela
42 anos
Promotora de eventos

Nunca havia me interessado por homens mais jovens. Há um bom tempo, macho para mim só acima dos 40. Mais vivência, rugas, cabelos grisalhos e um certo ar de saco cheio, como se pegar mulher fosse ao mesmo tempo fardo e necessidade. Um quarentão pode até não ter feito grande sucesso com as mulheres ao longo da vida útil, mas sempre age como se tivesse. Homens têm dessas coisas, eles envelhecem bem. Às vezes eu fico pensando como deve ser boa essa vida de não ter que se preocupar com celulite, pés de galinha, pescoço murchando... A existência na Terra tem coisa muito melhor do que ficar olhando prateleiras e mais prateleiras de cremes com nomes cada vez mais complicados. Mas fazer o quê? Mulher não tem saída. Tem que optar entre ser linda ou maravilhosa.

Meu primeiro marido, Geraldo, dizia que eu era linda — e maravilhosa! Quando nos conhecemos, eu tinha 18 anos, dançava balé clássico, fazia Aliança Francesa e jamais dizia sim de primeira para um convite. Na terceira tentativa dele, fomos ao cinema. Namoramos dois anos. Casamos quando um tio rico do Geraldo morreu e deixou a loja de material de construção de herança para ele e para o irmão, Jadir.

Eu dava aulas particulares de francês e tinha feito um curso profissionalizante de instrumentadora cirúrgica. Mas não gostava nada daquilo e o Geraldo sugeriu que eu parasse de trabalhar depois do casamento. Passei a me dedicar à casa. De quebra, dava uns palpites nos negócios do meu marido. Em três anos, abriram mais uma loja, nossa filha nasceu e mudamos para uma casa enorme. Tínhamos duas empregadas e um jardineiro. As festas de aniversário da Julinha eram as mais disputadas do bairro. Nossa vida era boa — mas a do irmão do Geraldo era melhor. Moravam em frente à praia, trocavam de carro todo ano, os filhos estudavam num colégio suíço caríssimo.

— Geraldo, você confia no seu irmão?

— Claro que sim. Por que essa pergunta?

— Deixa pra lá.

Ele insistiu, mas desconversei. Meses depois, meu cunhado deu uma festa de aniversário para a mulher no salão de um hotel de luxo — e com show de um cantor da moda. Pouco antes dos parabéns, ataquei:

— Quanto você acha que custou isso aqui, Geraldo?

— Sei lá... Bastante.

— E quando é que eles seguem pra Europa?

— Terça.

— Humm.

— Por quê? — O tom dele já mostrava uma certa pulga atrás da orelha.

— Deixa pra lá.

Claro que ele insistiu. Dessa vez não desconversei. De onde, afinal, saía tanto dinheiro? Os dois dividiam os lucros. Assim como eu, a mulher dele não trabalhava. Outra renda não tinham.

— Amor, longe de mim dizer que seu irmão está te roubando. Mas abre o olho!

Ele não respondeu nada. Me olhou fixamente, pensativo. Os parabéns encerraram nossa conversa.

Não voltamos ao assunto por algum tempo.

O Natal foi de vendas fracas. O décimo terceiro dos brasileiros decididamente não tinha ido para reformas e construções. Adiamos a viagem à Disney World com a Julinha. A menina ficou triste. Estava na hora do Geraldo faturar mais. Mas, na minha opinião, isso só poderia acontecer sem o Jadir — aquele parasita!

— Amor, seu irmão vai passar o réveillon aqui em casa...?

— Não.

— Vão para onde...?

— Buenos Aires.

— Humm.

— Humm o quê, Ângela?

— Humm nada. Parece que as finanças dele estão melhores que as suas...

— Você cismou com isso! Eu confio no meu irmão!

A última coisa de que eu precisava é que ele defendesse o irmão e ficasse contra mim.

— Verdade, querido, verdade. Deixa isso pra lá.

Recuada estratégica. Ingenuidade minha achar que eu iria convencê-lo no verbo. Os homens odeiam ser acuados. É só pressionar um pouco que viram bicho. Acabam fazendo tudo ao contrário só para contrariar a gente.

Passei algumas noites matutando sobre a questão. Eu não ia mudar a opinião do Geraldo pelo lado racional. Afinal, era o irmão dele! Para deixar um homem com gosto de sangue na boca — como diria minha avó — é preciso mexer com os brios dele. "Negócio de honra é o que move a macharada", ela repetia! O que, aliás, torna os homens uma racinha bem manipulável. Mas isso é outra discussão.

Deixei passar Natal, ano-novo, meu aniversário. Belos momentos de paz. Para falar a verdade, paz demais para o meu gosto... No carnaval, fomos todos para Angra dos Reis. Casa de um primo rico do Geraldo. Sábado e domingo de sol escaldante, passeios de barco. Segunda nublou, mas ainda deu para pegar uma praia. Na Terça-feira Gorda, as coisas clarearam para mim, apesar do temporal. Era quase hora do almoço. Geraldo tomava um banho. Deixei nossa filha com a avó e fiquei deitada na cama. Pensei na morte do meu pai até conseguir chorar. Geraldo, ainda se enxugando, me ouviu.

— Ângela...? Meu amor, o que foi...?

— ...nada.

— Como nada? O que foi, me diz.

— Geraldo, eu não quero confusão...

— Confusão? O que aconteceu, Ângela?

Levamos uns cinco minutos naquele conta-não-conto, entre insistências e lágrimas. Na verdade eu aproveitava o tempo para pensar se seguia em frente ou recuava e inventava um motivo bobo. Fui em frente:

— Ah, amor, eu tenho até vergonha de te falar...

— Por quê?

— É muita humilhação...

— Ângela, fala logo! Você está me deixando nervoso...!

— É o seu irmão...

— O Jadir? O que houve?

— Ele... ele tentou me agarrar na cozinha...

— O quê?!

Então contei a seguinte história: eu tinha ido cedo à cozinha fazer um chá. Jadir estava lá bebendo água. Todos dormiam. Enquanto eu esperava a água esquentar, senti ele chegando por trás. Quando me virei, ele tentou me beijar à força.

É um relato bem clichê, com cara de novela. Mas por isso mesmo convence. Pelo menos convenceu o Geraldo, que ficou completamente desorientado. Ele queria quebrar a cara do irmão.

— Geraldo, por favor. É humilhação demais pra mim... e nossa filha está aqui, não vamos armar um escândalo com toda a família por perto!

Tive que segurá-lo já com a mão na maçaneta umas cinco vezes. Ai, a tal da honra...! Que sentimento é esse que pode bloquear o cérebro de um homem? Tudo soava muito mentiroso, eu sabia. Mas como desconfiar de mim, a companheira de anos, a mãe de sua filha?

Não foi difícil mentir. Era por uma boa causa, afinal, eu tinha certeza absoluta de que o Jadir roubava! Se não dava para pegá-lo pelas vias corretas, que fosse do meu jeito. Estava dando certo.

— Ângela... Por você e pela Julinha eu não vou resolver isso agora. Mas não vai ficar assim...

Peguei o gancho:

— Geraldo, me ouve! O melhor que você faz é se afastar dele... Eu, pelo menos, não olho pra cara do seu irmão nunca mais!

Fomos embora naquele dia mesmo. O tempo ruim era a desculpa perfeita. Na segunda-feira, esperei ansiosa pela chegada do Geraldo, depois do trabalho. Evitei ligar para ele o dia todo, para disfarçar. Ele chegou antes do habitual. Estava nervoso.

— Ele negou, Ângela.

Fiquei gelada. Será que meu marido estava desconfiado de mim? Esperei, calada, a próxima fala.

— Não é um canalha? Se tivesse assumido, pelo menos seria sincero.

Ufa.

Haviam resolvido romper a sociedade. Geraldo, que era majoritário, ficaria com o negócio. Estavam negociando a parte do Jadir.

— O problema, Ângela, é que neste momento eu não tenho dinheiro para comprar a parte dele. Vou ter que pedir um empréstimo. Um belo empréstimo, aliás...

— Jura...?

O tal belo empréstimo nos deixou com a corda no pescoço. Adeus, viagens. Adeus, carro novo. Adeus, cartão de crédito liberado. Foi exatamente o que aconteceu. Em menos de um ano, tivemos que vender o apartamento em que morávamos e mudar para outro, menor. Nosso patrimônio minguou, a vida ficou mais dura.

Uma noite Geraldo propôs que eu arrumasse um emprego. Foi quando decidi que estava na hora de trocar de marido.

Meu primeiro passo era mesmo procurar trabalho. Menos pelo dinheiro e mais pelas oportunidades. Em casa é que eu não ia conhecer homem algum. Arrumei emprego de vendedora em uma loja de joias, graças a um primo da minha mãe. Coisa chique. Não era nada mau, eu conversava com gente rica, algumas vezes inteligente, e vivia rodeada de coisas finas. E o melhor: o cansaço do trabalho era excelente desculpa para manter o Geraldo bem longe de mim à noite.

Numa loja de joias entram basicamente dois tipos de homem. O primeiro é aquele apaixonado ou, no mínimo, muito interessado. É a aliança para a noiva, o colar de diamantes para a namorada, pulseira de ouro para seduzir uma gostosona qualquer e por aí vai. Esse tipo adora falar da mulher que vai ser presenteada, conta histórias, é só sorrisos — e leva horas para escolher a joia. Nem pensar em me engraçar.

O segundo tipo é o marido burocrático. Procura joias para dar de presente à patroa no aniversário, nas bodas de prata, de ouro etc. Esse pouco fala. Escolhe rápido, aceita qualquer conselho, quer resolver, pagar e se mandar. São muito antipáticos, amargos e não dão bola para gracinhas de vendedora.

Mas havia também os tios solteiros comprando solitários para suas sobrinhas e afilhadas, filhos presenteando suas mães, homens comprando anéis ou abotoaduras para si próprios. Qual deles poderia me servir?

Minha tese sobre consumidores de joias já estava bem desenvolvida quando Tadeu Valencini apareceu na minha frente, atrás de um anel de ouro branco e zircão para a sobrinha que fazia 15 anos. Não nos víamos desde a escola. Mas ainda que o tempo tivesse passado, ele era uma aparição. Claro que estava mudado. Como quase todo homem de meia-idade, estava com o rosto um pouco inchado e uma barriguinha saliente.

Tadeu também me reconheceu num instante. Nome e sobrenome!

Era advogado. E casado, pelo que constatei quando uma mulher entrou na loja atrás dele.

— Ângela, você se lembra da Márcia, da turma 8B?

Eu não lembrava. E em breve ele também mal lembraria dela.

Larguei o Geraldo falido, ele também deixou a Márcia, e fomos morar juntos em alguns meses. Ficamos casados oito anos, o suficiente para ele ganhar muito dinheiro como advogado de família e me garantir uma bela pensão.

O tempo me mostrou que o meu amor dos tempos de escola era na verdade um chato, cheio de manias. Mas valeu a pena investir nele para me livrar do Geraldo. Quando eu disse ao Tadeu que queria a separação, adivinha a primeira coisa que ele fez? Voltou para a Márcia! Depois de oito anos ela aceitou o ex de volta. Tem mulher que é assim, não se dá valor. Que fossem felizes, enquanto eu curtia a minha merecida independência.

Minha vida ficou bastante boa. Passei a promover eventos para a joalheria em que eu era vendedora. Não que eu precise. Mas é bom para poder usar os vestidos que compro. Julinha está com 16 anos. Bonita — embora seja a cara do pai. Aliás, ela diz que tem dois pais, porque adora o Tadeu. Por causa disso, divide seus dias em três casas.

Então voltemos ao começo: eu dizia que nunca havia me interessado por homens mais jovens. Talvez porque todos me lembrem os amigos da Julinha, que de vez em quando vêm estudar aqui em casa. Foi um dia no salão de cabeleireiros que a curiosidade me pegou pelo pé. Eu fazia as unhas e a manicure resolveu contar todas as histórias do sobrinho, um rapaz de 18 anos que só queria saber de mulher mais velha. Fazia uma verdadeira caçada atrás das coroas, segundo contava a tia em meio aos sorrisos das mulheres do salão.

— Ele diz que as garotas da idade dele não sabem de nada! — dizia a Gisleide, altos brados, feliz com a atenção geral.

Saí do salão, unhas num tom de marrom, óculos escuros na ponta do nariz, farejando imberbes no caminho. Rostos quase lisos, ares de timidez, olhares fugidios. Experimente ser uma quarentona de respeito e encarar um moleque de mochila nas costas. Eles tremem na base. O caminho de casa foi muito divertido. Três quarteirões, umas oito vítimas, cheguei em casa rindo da minha própria brincadeira.

Até onde será que eu iria? Era o que eu me perguntava enquanto preparava um banho maravilhoso. Eu adoro minha banheira. Gastei um dinheirão do Tadeu para fazer a reforma. A mulher só atinge o mais alto grau de feminilidade quando prende os cabelos para o alto e entra numa banheira quente. Sozinha ou acompanhada, tanto faz. A banheira é que faz a diferença. Não sei, não, mas acho que uma mulher é capaz de tudo depois de meia hora mergulhada na água quente, com espuma e sais.

No dia seguinte de manhã, Julinha me telefonou muito cedo, da casa do pai. Tinha que levar um material para a escola, mas estava lá em casa. Era importante. Gustavo, um colega de sala que morava no prédio ao lado, viria pegar para ela. Detesto acordar cedo, mas filho pode tudo. Tomei café e entrei no chuveiro com pressa, com medo do garoto chegar.

Gustavo apareceu às quinze para as oito. Parecia ter uns 18 anos. Só depois soube que ainda tinha 16. O porte enganava. Alto, encorpado, olhos doces, queixo quadrado.

— Já tomou café? Quer alguma coisa?

— Não, senhora. Obrigado.

Esse papo de "senhora" me aborrece. Não sei mais dizer quando é que começaram a me chamar assim. Sei que detesto. Fiquei com vontade de mostrar ao garotão o que a senhora aqui aprendeu nesses anos todos.

— Vou pegar os livros da Julinha. Senta um pouco...

Ele escolheu o sofá. Entrei no quarto. Me olhei no espelho e a dúvida de sempre tomou conta de mim: quantos anos será que ele acha que eu tenho? O tempo passa e um dia é difícil avaliar a própria aparência. Fiz o mesmo sorriso de quando era adolescente. Será que essas ruguinhas no canto dos olhos mudam tudo?

Resolvi pagar para ver. O garoto quase desmaiou quando voltei para a sala. Nua.

Nos filmes, quando algo assim acontece, o casal se joga nos braços um do outro e a câmera vai se afastando lentamente até a janela ou a lareira. Na vida real é bem diferente. Foram segundos difíceis. Gustavo me olhava assustado e eu não sabia bem o que fazer com o meu ato de sedução.

Sempre que alguém faz algo digno de recriminação diz a célebre frase: isso nunca me aconteceu antes. Mas eu juro que eu nunca tinha feito nada parecido. Um garoto!

Se eu disser que me arrependo, é mentira. Gustavo não tinha mesmo lá muita experiência — eu tive que dar uma bela ajuda para ele botar a camisinha —, mas valeu a pena

Ficamos umas duas horas no sofá. Não trocamos uma palavra. Dizer o quê?

— Quer um copo d'água? — perguntei, recolocando o roupão.

— Humm-humm — ele respondeu, catando as roupas no chão.

Quando voltei da cozinha, ele tinha ido embora. Até isso foi perfeito.

Bom, quase perfeito. Depois da escola, Julinha foi lá para casa. Decidimos experimentar o restaurante novo da esquina. No jantar, ela me contou que o pai estava de namorada nova. Boazinha, nas palavras de minha filha. Já na sobremesa, ela disse que queria me contar um segredo: também estava namorando. Julinha sempre foi uma menina tímida. Com certeza já tivera namorados, mas era a primeira vez que me contava.

— E quem é o felizardo?

— Sabe aquele menino que buscou os livros para mim hoje?

Cheguei a ficar tonta. Gustavo era o namorado da Julinha. Segundo ela, um "doce, inteligente, carinhoso e sabe tocar violão". A primeira coisa que pensei foi se ela já havia transado com ele. Isso tornaria tudo pior. Ou não? Talvez fosse pior se eu tivesse levado o garoto para a cama antes dela. Será? Confusa, pedi a conta e fomos para casa.

No dia seguinte, perdi a hora. Tinha uma reunião às nove num bufê, mas não ouvi o despertador. Liguei avisando que chegaria mais tarde. Virei um café com leite correndo e desci. Ao sair do elevador, dei de cara com o Gustavo na portaria. O que ele estaria fazendo ali? Julinha já estava na aula. Talvez quisesse me pedir para não contar nada a ela. Sorri e resolvi mostrar logo o que eu já sabia:

— Olá. Sua namorada já foi para a escola.

— Eu sei. Vim por sua causa. Penso em você o tempo todo.

Sufoquei uma gargalhada nervosa. Disse que ele estava exagerando. As lágrimas rolaram rosto abaixo.

— Você foi a primeira, sabia?

Passou pela minha cabeça que ele estivesse brincando comigo. Daqui a cinco segundos ele vai começar a rir e sair correndo, pensei. Não saiu. Continuou me olhando com cara de cachorro sem dono.

— Gustavo, meu querido, o que você quer que eu faça? Você é namorado da minha filha. Aliás, tem idade pra ser meu filho!

— E daí?

Essa é uma expressão que crianças e adolescentes adoram: "E daí?" Ao mesmo tempo é uma pergunta e um manifesto. Garotos de 16 anos ainda não foram contaminados pelos padrões como as mulheres de 40.

— E daí que eu não quero mais nada com você — encerrei.

Ele parecia não ouvir. Queria porque queria me convencer a subir lá em casa com ele.

— Só pra conversar.

— Eu tenho um compromisso, Gustavo. E estou atrasada. Tchau.

Na reunião, me peguei mais de dez vezes pensando no namorado da minha filha. Eu tinha me metido numa coisa maluca — e sentia um certo prazer nisso. Se não fosse a Julinha valeria me divertir um pouco com ele. Imaginei lugares aonde poderia levá-lo e o que as pessoas em volta pensariam ao nos ver juntos. O que diriam meus ex-maridos? Que eu estava louca, claro. Eu estava?

Dois dias depois, Julinha chegou em casa da escola. Com o namorado.

— Mãe, esse é o Gustavo.

Ela deveria ter avisado antes. Pelo menos para eu botar uma roupa melhor. O garoto ficou sem graça, mas eu consegui agir naturalmente e depois, confesso, me diverti com a situação. Preparei um almoço para nós três. Gustavo me encarou algumas vezes e, com o tempo, passei a retribuir. Pouco antes de ir embora, já me olhava com um sorriso no canto da boca. Delícia de menino.

Três da tarde se foram, Julinha para o curso de inglês, Gustavo para o futebol. Eu também tinha que sair. Fui conhecer o salão onde estava organizando um evento. Amplo, belas sancas, boa quantidade de mesas. Toalhas amareladas. A principal, da mesa, tinha um bordado lindíssimo, mas estava repleta de manchas. Perguntei se tinham uma toalha substituta. Uma pena, aquela era um luxo.

— As bandejas de doces sempre ficam em cima das manchas. Fazemos assim há anos, esconde tudo, ninguém diz — argumentou a gerente. — O que não se vê é como se não existisse, querida!

Fui para casa com o contrato fechado e ideias na cabeça. O que não se vê é como se não existisse?

No dia seguinte comi mais do que o habitual no café da manhã: pão, iogurte, bolo. Os males da ansiedade. Haja ginástica para perder depois.

Se Julinha não soubesse de nada, estaria eu fazendo algum mal a minha filha? Eu corria o risco de Gustavo contar alguma coisa a ela, num arroubo de sinceridade? A aventura compensava o risco?

Há quem diga que chega uma certa idade em que não temos mais o que perder. Eu sempre achei isso de todas as idades. O tempo não volta, as oportunidades não surgem à toa e não há nada que não possa ser consertado. Tantos clichês juntos só para dizer que, sim, fui atrás do Gustavo. Não só um dia, mas cinco, oito, quinze, vinte, cinquenta. Primeiro um encontro de cada vez, devagar, a vontade escorrendo pelas paredes da minha sala — sempre na sala, no mesmo sofá. Depois duas vezes por semana, nos horários do curso de inglês da Julinha, com gosto de festa, risadas e correria. No fim de um ano, em demorados fins de semana em que ela ia para a casa do pai ou do Tadeu. Com calma, relatos de histórias, filmes no DVD e algumas juras ridículas de amor.

Ter um caso com alguém muito mais jovem, além de ser muito gostoso, envaidece. Não a vaidade que vem do olhar alheio, afinal, jamais aparecíamos juntos em público. Eu gostava era de me ver com Gustavo no espelho. Bastava que eu visse. Uma vez li uma frase muito boa: "O machismo transformou um homem velho em sábio ou poderoso e uma mulher velha em velha." Eu estava subvertendo essa máxima. E só isso já compensava estar passando a perna na minha própria filha.

Mas Julinha não estava sofrendo. Não sabia de nada. Seguia feliz com o namorado — que, segundo ela repetia, adorava estar lá em casa. De vez em quando me vinha a curiosidade: será que os dois estavam transando? Tudo indicava que sim, pareciam íntimos. Mas evitei perguntar a qualquer um dos dois. No fundo aquilo não fazia a mínima diferença para mim. No mais, eu acredito que até poderia estar fazendo um favor para minha filha, aperfeiçoando um homem para ela.

Nesse meio-tempo, nos encontramos, os três, muitas vezes. Numa delas, transamos na cozinha enquanto Julinha se arrumava para os dois irem ao cinema. Noutra fizemos a loucura de trancá-la no banheiro de propósito para podermos nos beijar. Levou quase uma hora até o chaveiro aparecer — e, claro, aproveitamos para fazer muito mais.

Gustavo nunca economizou em sexo, palavras ou formas de me agradar. No dia do meu aniversário, estampou um outdoor de parabéns em frente à minha janela. Na assinatura, apenas as iniciais B.C. — referência ao apelido de Bebê Chorão, que eu lhe dera.

Julinha, surpresa, perguntou se eu tinha um namorado secreto. Respondi que não tinha a mais vaga ideia de que tinha um admirador. O assunto durou muitas semanas lá em casa, com palpites sobre qual seria o nome cujas iniciais eram B.C. Minha filha chegou a olhar a correspondência dos vizinhos e descobriu que havia um Bernardo Carvalho na cobertura. Virou uma obsessão para ela descobrir quem era o autor da mensagem. Eu dizia a ela que esquecesse.

— Mãe, como você pode não morrer de curiosidade?

O tempo passou e ela também esqueceu.

O caso já durava um ano e meio quando Gustavo apareceu com a novidade. Havia passado para uma das melhores universidades do país. Em outra cidade. Disse que não poderia perder a oportunidade. Era uma faculdade pública, ele tinha parentes por lá e os pais estavam comemorando o feito. Mas ele estava sofrendo por minha causa.

— Por causa de mim ou da Julinha?

— De você, Ângela! Nunca deu para perceber que eu só estou com a Júlia para podermos estar juntos o tempo todo? Eu não gosto dela. Não gosto nada dela.

Gustavo terminou o namoro com minha filha no dia seguinte, com a alegação de que não fazia sentido um namoro a distância.

Combinamos encontros todos os dias, em horários variados, para aproveitar o mês antes de ele se mudar. Em cada um deles, Gustavo chorou. Eu não posso dizer que não sentiria a falta dele. Mas a verdade é que ele, para mim, não era um indivíduo, mas uma ideia, uma sensação de estar viva e rendendo um belo caldo. Uma boa forma de preencher o meu tempo. Um jogo. Um segredo, uma transgressão. Dá para viver sem isso? Eu acho que não.

O problema é que nada na vida é de graça. A gente faz, a gente paga. Na véspera da viagem do Gustavo, ele quis uma despedida especial. No sofá lá de casa, onde tudo começou. O rapaz era dado a simbolismos.

Julinha tinha ido passar o fim de semana com o pai na serra, levando duas amigas. Achei ótimo. Desde o fim do namoro ela andava triste e mal-humorada. Então o caminho estava livre para o último ato. Comprei champanhe, pães, frios, algumas frutas e uns brinquedinhos para animar nossa noite. Teria sido tudo ótimo se depois de umas taças Gustavo não tivesse aberto o berreiro. Bebê Chorão. Nada que não passasse em duas semanas com tantas garotas novas que ele conheceria na faculdade. Só faltou me bater quando eu disse isso a ele. Delícia de garoto.

Estávamos na terceira da noite quando ouvi o barulho da fechadura. A porta não estava se abrindo, mas já se fechando atrás de uma Julinha de olhos arregalados, mochila caída no chão.

Já faz dois anos que isso aconteceu. E véspera do Dia das Mães. Espero que talvez a data amoleça o coração da minha filha e ela me procure. O quarto continua arrumado como se ela ainda estivesse aqui, embora o pai tenha pego dois quadros que ela quis levar para a casa dele. Geraldo também buscou as roupas dela, material de escola, bonecas antigas e o aparelho de som. Tadeu passou uns dias depois e arrecadou CDs e DVDs da Julinha. Nenhum dos dois falou nada comigo. Fiquei pensando se ela teria contado a eles o que aconteceu ou talvez inventado uma outra história. Recebi olhares de recriminação dos meus dois ex-maridos. Mas nada que fosse diferente da forma como eles sempre me olharam.

Eu poderia ter insistido para que ela me perdoasse ou até ido à justiça, afinal, ela era menor de idade por alguns meses ainda. Mas desisti diante da ideia de enfrentar algum tribunal ou a opinião alheia. Ela tinha crescido, mais cedo ou mais tarde sairia de casa mesmo.

Continuo fazendo minhas festas, algumas viagens, muita ginástica e prestando atenção nas oportunidades que surgem por aí.

Se só arrependimento matasse, eu viveria para sempre.

Ingrid
30 anos
Atriz, modelo, apresentadora de TV

Meu nome poderia ser Luciana, Mônica ou Cristina. Mas é Ingrid. Adoro meu nome. Eu nasci para ser alguém. Minha mãe sempre me disse isso. E ela sabe o que diz. Estudou na Suíça, era filha de gente rica. Foi lá que conheceu o meu pai. Ele também era filho de gente rica — e a gente rica da Suíça é mais rica do que a do Brasil. Quando eu nasci ela tinha 17 anos. O casamento deles não deu certo, eram muito jovens. Quando eu tinha 2 anos ela me trouxe de volta pro Brasil. Morávamos as duas e meus avós. Era um apartamento grande no Flamengo, ainda me lembro do corredor, tão comprido que eu achava que do outro lado era um mundo paralelo onde viviam seres fantásticos. Mas um dia vovô perdeu tudo. A crise financeira nos jogou numa casa alugada de vila que sequer tinha corredor. Nunca mais vi meu pai. Ninguém falava dele e eu também não perguntava. Mas ele estava em mim. Na minha pele mais clara do que a de todos, nos cabelos louros, nos olhos azuis. Minha mãe escolheu meu nome achando que era um nome suíço, mas é mais pra sueco. Igual ao da Ingrid Bergman, daquele filme famoso, mas esqueci o nome agora.

Desde pequena eu sempre achei que ia ser mais fácil ser alguém com pele, cabelos e olhos assim. Diante de tantas cabeças morenas na escola, eu me destacava. Na rua, nos restaurantes, nos elevadores, não havia quem não me olhasse. O olhar dos outros virou um vício para mim. Aos 10 anos, resolvi: quero trabalhar na televisão. Aí não seriam um, dois, três olhos, mas milhões de olhos ao mesmo tempo. A ideia me fascinava. Eu queria se vista, admirada. Eu merecia isso.

Nunca passou pela minha cabeça ter uma profissão comum. Médica, advogada, psicóloga. Estudar anos e anos, esperar um tempão para começar a trabalhar, ter hora pra tudo, muita responsabilidade. Complicado demais. E chato demais. Tudo sempre igual. Pobre demais. Eu não nasci pra ser comum.

Passei muitos domingos fazendo testes para participar de programas infantis. Éramos muitas crianças — a maioria meninas — acompanhadas dos pais, mas principalmente das mães, sempre nervosas, falando alto.

Comíamos um sanduíche de mortadela com suco de caju oferecido pela produção, que nos ajudava a aguentar as seis, oito horas de espera. Fui Miss Piscina do clube que frequentávamos. Ensaiei cada passo, cada gesto, cada palavra. Já na primeira volta na passarela, eu tinha certeza de que ganharia. Já sabia ler os olhares. Eu era boa, eu era muito boa. Mamãe me dizia isso. O espelho também.

Eu via muita televisão. Aprendia com o sorriso das apresentadoras, o olhar das atrizes, o jeito displicente das cantoras. Faltei muitas vezes à escola para não perder um programa. Dizia que estava doente. Eu já sabia representar. Gostava de cantar na sala lá de casa. Ensaiava as músicas de sucesso, meu avô adorava. Chamava os vizinhos. Eu cantava de novo. Às vezes rebolava, aí vovô não gostava. Mandava parar. Mais tarde me explicou que eu era uma menina de família, que não ficava bem imitar aquele tipo de cantora. Mas então, vovô, por que ela está em tantos programas? E por que todos gostam tanto de assistir? O senhor mesmo parou de ler o jornal só para ver. Ele não respondeu direito. Naquela semana, li numa revista que a cantora ia casar com um ator de novela e que ganharia seu próprio programa. Ela vestia uma calça justa e uma blusa de renda transparente. Ela ria com a cabeça jogada para trás, como uma vencedora. Imitei o jeito dela no espelho.

Tive poucos namorados, os meninos da escola e do bairro sempre foram muito pouco para mim. O que tinham para me oferecer? Todos pensavam apenas em futebol, videogame e em se aproveitar das meninas. Eu sabia que não demoraria a sair daquele mundo sem graça.

Aos 15 anos, comecei a fazer figuração em novelas. Uma amiga da minha mãe tinha uma prima que recrutava grupos para as gravações. Eu achava que seria minha maior chance, mas estava enganada. Éramos tratados de forma fria. Eu me sentia invisível naquele ambiente de sonho. Ninguém reparava na minha presença, apesar do capricho com que eu me arrumava. Nos intervalos, eu devorava as revistas de famosos. Lia e relia entrevistas em busca dos segredos daquela gente. Eu precisava aparecer. Se ninguém reparasse em mim, eu não chegaria a lugar nenhum. Passei a usar roupas mais provocantes, até que fui advertida pela assistente de direção.

— Quando a gente quiser figuração de garota de programa, chamamos você, ok? Amanhã vem decente!

Ela deve ter tido uma surpresa quando viu o carro dela todo arranhado, no estacionamento. Mas duvido que tenha lembrado de mim. Naquela noite mesmo, fiquei na portaria esperando o pessoal da novela sair. Eu havia reparado em um dos produtores olhando para as minhas pernas. Enfim alguém percebia a minha presença. Quando ele passou, sorri. Ele perguntou se eu queria tomar um chope. Falei que era menor. Não parece, ele respondeu. É claro que parecia — e era disso que ele estava gostando. Fomos a um boteco ali perto e tomei uma Coca-Cola. Guto era separado, tinha três filhos e trabalhava em novelas havia cinco. Falei que meu sonho era trabalhar na televisão.

— O seu e o de todo mundo, né?

Ele não fez rodeios. Explicou que havia muitas formas de conseguir pular etapas — ainda mais sendo uma moça. E bonita, acrescentou, pegando na minha mão. Eu ainda era virgem — mal tinha beijado —, mas não senti a menor culpa por ter deixado o Guto tirar um sarro de mim no escuro de um estacionamento ali perto. Ele chupou meus peitos, meteu o dedo em mim. Expliquei que dali não poderia passar, mas ele não reclamou. Parecia satisfeito. Dois dias depois me passou um bilhete no meio da gravação. Eu tinha que estar às oito da noite na sala do gerente de produção. Eu já imaginava o que ele queria. Desta vez não dei limites, fui até o fim. O nome dele era Maneco e cheirava a colônia barata. Um mês depois consegui meu primeiro papel. Eu era uma das moças do grupo da protagonista da novela das seis. Eu quase não falava, mas minha personagem tinha um nome. Sara.

De sala em sala, consegui alguns pequenos papéis. O melhor deles foi o de Viviane, a protagonista quando jovem, que aparecia em flashback. Eram poucas aparições, mas a partir daí passei a ser reconhecida nas ruas. Eu tinha 18 anos quando dei meu primeiro autógrafo. Era o começo, e eu queria muito mais. Foi mais ou menos nessa época que conheci o Alexandre.

Ele fazia teatro. Estava na festa de uma das atrizes da minha novela. Tinha um rosto lindo, falava alto, ria muito. Tocava violão e cantava. Vi que estava me olhando muito, mas, acostumada a isso, não dei bola. Ele chegou e se apresentou. Disse que gostava do meu papel, comentou algumas cenas. Falou da peça que estava fazendo, disse que amava o teatro, veio com aquela conversa de que é só no palco que se aprende a representar. Eu discordei. Citei atrizes que jamais tinham feito teatro e eram maravilhosas na TV. Ele queria saber tudo de mim. Onde eu morava, o que mais fazia, quem eram meus pais. Eu adorava dizer que meu pai era suíço. Mas preferia dizer que ele tinha morrido. Eu e minha mãe havíamos sofrido muito. Sim, é por causa dele que tenho essa cara de gringa. Na hora de ir embora, rolou beijo e combinamos de ir ao cinema no sábado. Fomos. O filme era bonito e depois tomamos um sorvete no Leblon. Alexandre era, de fato, meu primeiro namorado. Eu me sentia leve e feliz, mas, ao mesmo tempo, algo me incomodava. Era como se eu precisasse sempre seguir sozinha, como se estar envolvida com alguém me impedisse de ir em frente. Mas namoramos por seis meses, até minha novela chegar ao fim. Eu estava preocupada. Tinha que dar meu próximo passo, precisava de um convite. Alexandre tentava me acalmar. Gostava de repetir que "o que é do homem o bicho não come". Ele me irritava. Era um conformado. Aquelas pecinhas que não o levariam a lugar algum, cursos que não serviam para nada. Eu às vezes evitava encontrar com ele. Usava como desculpa os testes que eu estava fazendo para comerciais. Acabei sendo chamada para o outdoor de uma malharia brega. Mas aceitei. Pela primeira vez eu me veria daquele tamanho todo.

Numa sexta-feira Alexandre me telefonou. Queria me ver e tinha uma novidade. Imaginei que seria algum tipo de patrocínio de loja de colchões ou casa de empada para mais uma montagem. Não era. Contou-me que ia fazer um teste na semana seguinte, para um programa de televisão para jovens. Música, entrevistas na rua, jogos. Queriam um apresentador e ele fora convidado para um teste.

— Vão fazer teste com homens e mulheres e eu fui chamado!

Devo ter sorrido amarelo. O idiota do Alexandre poderia ganhar um trabalho desses e eu há quase um mês sem saber o que seria da minha vida? Ele me pagou um jantar para comemorar, com champanhe e tudo. Encarei como uma despedida. Pelo que eu estava tramando, dificilmente meu namorado ia querer saber de mim novamente.

Pedi ao meu velho amigo Maneco para me apresentar ao Luciano, assistente de direção desse programa de jovens. Saí para tomar um chope com os dois e, de lá, fomos para um motel. Foi minha primeira vez com dois. Eu encarava o sexo como uma forma de conseguir atenção. Esse povo de TV era sempre muito ocupado, palavras não adiantavam. Na cama, os caminhos se abriam tanto quanto as minhas pernas. No dia seguinte, Maneco me telefonou.

— O Sandro Martins quer falar com você. Hoje às cinco e meia na sala dele. A secretária é Alzira. E na semana que vem eu e o Lu esperamos você pro bis, garota. Mesmo bat-local.

Desliguei sem responder. Sandro Martins foi meu primeiro marido. Mas isso foi depois. Naquele dia, ele era só o diretor do programa que eu queria apresentar. Ele era gordo, suava muito e tinha a língua presa. Mas falava e agia com segurança, como se fosse o homem mais lindo do mundo. O pai tinha sido um figurão da emissora. Mas os dois não se falavam mais — daí ele repetir sempre que não estava ali por mérito próprio. Era uma meia verdade, mas, para mim, não fazia qualquer diferença.

Perguntou uma série de coisas, pediu que eu repetisse algumas frases e depois pediu que eu voltasse para fazer um teste de vídeo. Fui embora decepcionada. No dia seguinte, havia mais três moças esperando na fila. Eu ia ser a última. A primeira entrou na sala e levou mais de uma hora para sair. A segunda apenas meia hora. A terceira saiu batendo a porta depois de cinco minutos.

— Estão preparadas pra tudo? — nos disse, já saindo.

Eu estava, claro. Poucas horas depois do teste, a secretária Alzira me ligou. Eu estava no programa.

No começo senti falta das conversas com o Alexandre, do jeito que ele cantava para mim, do rosto, do beijo. Ele nunca me procurou. Até que eu gostaria que ele gritasse comigo, me xingasse. Mas ele sumiu e só. Mas em pouco tempo ele era passado. Eu gravava às terças e quintas com o Sandro. O programa ir ao ar aos sábados à tarde — e sempre assistíamos juntos. Éramos namorados e Sandro não parecia querer esconder isso de ninguém. Adorava me exibir. Íamos às festas mais badaladas e ele me apresentou prazeres que eu não conhecia. Bebida, drogas, sexo em grupo. Ganhei lindos presentes. Eu não podia mais andar nas ruas sem parar para autógrafos. Dava entrevistas para as revistas e, quando falava dele, gostava de dizer que tinha sido amor à primeira vista. Sandro adorava. Lia minhas respostas em voz alta, aquele discurso todo sobre minha dedicação à carreira e o cuidado com minha imagem.

O programa durou um ano e meio. Quando fez um ano Sandro me pediu em casamento. Uma revista pagou a cerimônia, numa casa de festas, desde que pudesse fazer a cobertura completa — o que incluía fotos nossas na suíte de um hotel de luxo, depois da cerimônia. Foi um dos momentos mais felizes da minha vida. Eu tinha chegado lá. Aos 20 anos já era uma estrela.

O problema é que seis meses depois o programa acabou e Sandro foi demitido. A audiência ia mal e preferiram colocar filmes no horário. Ele caiu em depressão, vivia bêbado, não conseguia dar a volta por cima. Eu também não consegui nenhum novo papel. Por ser mulher dele, as portas se fecharam para mim também. Foram tempos difíceis. Eu passava o dia telefonando, tentando alguma oportunidade. Resolvi que o melhor seria me separar do Sandro. Ele não me servia de mais nada. Ao contrário, só atrapalhava. Ele chorou, se humilhou, pediu que eu ficasse. Mas no fim foi bacana comigo; por muito tempo me deu uma pensão. Não voltei para a casa da minha mãe. Aluguei um sala e quarto em Copacabana e voltei a frequentar umas festinhas. Com a vida artística em suspenso, o que eu precisava era de um outro bom casamento. Em pouco tempo namorei um jogador de futebol, um humorista, um político e dois herdeiros de família rica. Não era difícil chegar neles, apesar do mundo de atrizes e modelos que tinham a mesma estratégia que eu: ler as colunas dos jornais todos os dias para saber quem estava em alta, depois ligar para as amigas assessoras das *promoters* e descobrir a que festas eles iam. Lá o segredo era saber que (como diz aquela música antiga) quem sabe faz a hora, não espera acontecer. O lance era simplesmente chegar perto e agir como se fosse uma velha conhecida. Os homens não ligam para mulheres que simulam intimidade; ao contrário, adoram. Quanto mais ousadas, mais eles piram.

Mas isso valia só pra uma noite — ou duas. Nenhum deles quis mais do que isso comigo. Percebi que o Sandro tinha sido uma exceção — talvez porque ele fosse gordo, feio e cheio de taras estranhas. Mas serviu para que eu aparecesse em algumas fotografias por aí. Tinha um colunista social que me conheceu numa festa e grudou em mim. Dei atenção, joguei um charme, o cara era jornalista, né? Nos dez dias seguintes, apareci três vezes na coluna — uma sozinha e duas acompanhada de gente famosa. Em todas, ele deu um jeito de me elogiar. Colírio, poderosa, magnífica, era assim que ele me chamava. De tanto aparecer, recebi um convite para posar nua. Era uma revista caída e pagavam uma merreca. Não valia a pena me misturar com essas vagabundas. Pelo menos ainda me restavam algumas cartadas. Meses depois eu estaria arrependida de não ter embolsado essa graninha.

Numa dessas festas, eu conheci o Val. Valdisnei — mas ele odiava o nome. Pudera. Gay, lindo, poderoso, influente. Trabalhava com eventos, ajudava a receber tudo que era gringo famoso que chegava por aqui. O cara criou uma espécie de agenda para mim. Sem falar inglês direito, saí com mais de 15 caras. O Val só me botava na certa. Um cantor de rock americano, um dançarino francês, um ator argentino, um diretor de cinema alemão, e por aí ia. Quando eu percebi que o dançarino francês não queria usar camisinha, imaginei que não seria nada mau ter um filho com ele. Nem precisava casar comigo. Era o bebê nascer, DNA, bela pensão. Ótimo. Mas eu não queria um filho. Não queria estragar o meu corpo. Eu acreditava que aquele era um momento provisório. Eu tinha talento. Precisava apenas de mais uma chance.

Tudo piorou quando o Sandro casou de novo. Eu sabia que, no dia em que isso acontecesse, ele pararia de me ajudar. Casou com uma vagabunda que ficou famosa depois do namoro com um cantor de pagode. O Sandro é da diretoria da escola de samba em que ela é madrinha de bateria. Aí formou: ela deu pra ele e conseguiu um papel no programa de humor que agora ele dirige. E, claro, a mocinha o convenceu a suspender minha pensão. Tentei ligar pro celular dele, para conversar, mas ela atende e me xinga. Diz que eu sou aproveitadora. Olha quem fala.

Sem dinheiro, sem trabalho e já começando a ficar manjada nas festas de famosos, resolvi dar um tempo. Passei cinco meses na casa da minha mãe. Minha avó estava doente, meu avô muito surdo, eu não tinha estômago para viver meus dias nesse clima.

Uma noite, no intervalo da novela, minha mãe comentou que a filha da dona Isaura, a vizinha, agora era dançarina de um programa de auditório.

— E daí? — respondi. Será que ela estava só contando a novidade ou minha própria mãe achava que eu só servia para rebolar no fundo de um palco?

Meu humor estava cada vez pior. Dias antes, meu avô tinha me sugerido procurar um emprego. Disse que eu estava "grande demais para ficar em casa sem fazer nada". Tive que me conter para não perguntar se ele sabia com quem estava falando. Eu não era a netinha idiota dele. Eu tinha uma carreira, eu era ex-mulher de um diretor famoso. Apenas não estava na minha melhor fase. Para extravasar, quebrei os óculos dele e joguei na lixeira do vizinho. Foi divertido vê-lo procurando, depois. Pensei em dar sumiço no aparelho de surdez. Mas depois ia ser difícil de aturar ele dizendo "hein?" para tudo que se falava dentro de casa. Meu avô era um otário. Não soube cuidar da sua vida, dos seus negócios. Era para a vida da nossa família ter sido bem diferente. Aquela vila me dava enjoo. As pessoas medíocres e suas roupas de camelô, as caras, amargas, de quem não sabe por que veio ao mundo. Minha mãe era outra. Uma mulher que estava com a vida ganha, marido suíço, a Europa de portas abertas. Por que ela não me deixou com o meu pai?

Telefonei para o Val para desabafar. Ele insistiu para que eu passasse uns dias com ele. O apartamento, em Ipanema, era muito pequeno e ele sempre recebia o namorado, um idiota aspirante a poeta. Achei que seria constrangedor, mas, diante do que eu estava passando em família, aceitei. Sugeri que eu o ajudasse em alguns trabalhos, como "pagamento". Passei a dar telefonemas, confirmar presenças de pessoas nos eventos, até portadora de documentos eu fui. Quando me ofereci para ajudar, não pensei que eu fosse virar o boy do Val. O babaca estava gostando, começou a me passar tudo que ele não tinha paciência para fazer. No fundo ele tinha inveja de mim. Não dizem que mulher tem inveja do pau? Pois o Val tinha inveja da minha boceta! Eu era tudo que ele queria ser e não podia: mulher, linda, lisinha, pés e mãos delicados. Não havia bofe que não me olhasse quando a gente andava na rua.

Era hora de realizar meus próprios negócios. Sem que o Val soubesse, assumi os contatos da visita de um escritor francês ao Rio. Os passeios, os encontros, as palestras, até as festas que ele iria prestigiar. Fiquei na maior corda bamba entre os agentes do cara e a editora brasileira, isso tudo com meu inglês de merda. Pedi que ligassem apenas para o meu celular e passava o maior tempo que eu podia fora de casa. Era uma bela grana. Na verdade, mais grana do que o Val costumava ganhar nesse trabalho. Eu já pensava que tinha tirado a sorte grande quando a bicha descobriu tudo. Como é que eu ia saber que esse escritor era gay e os agentes, amigos do namorado dele? Tive meia hora para recolher todas as minhas coisas da casa dele e ainda aturei sermão sobre amizade, confiança e caráter.

Fiquei um tempo andando com duas malas pelo calçadão de Ipanema. Nem pensar em voltar para a vila. Sorte é que, quando vi que a coisa tinha ficado feia, peguei uns dólares que o Val guardava no fundo do armário. Ele juntava para ir a Paris. Todo veado adora Paris, impressionante. Certamente ele ia dar conta do roubo, mas talvez demorasse e eu esperava até lá poder devolver. Dava para pagar um hotel barato por alguns dias. Liguei para casa e pedi à mosca-morta da minha avó o telefone da dona Isaura, a vizinha. Falei com a filha dela, a Salete. Ela era de uma academia de ginástica que "fornecia" moças para dançar no programa. Fui até lá, joguei um charme pro dono e consegui fácil uma indicação. Eu não dançava nada, mas um belo corpo compensa tudo. Pagavam mal, mas a Salete já tinha me explicado que todo sábado, enquanto o programa passava na TV, ligavam dezenas de homens querendo os contatos das dançarinas.

— Mas você faz programa? — perguntei. Eu não pensava em virar prostituta.

— Mais ou menos. Alguns querem apenas acompanhantes para exibir por aí.

Já na primeira semana, vi que não seria um trabalho muito fácil. A briga das garotas para ficar na primeira fila ultrapassava tudo que eu já tinha visto em matéria de competição. Eram quase todas umas grossas, sem qualquer talento, sem berço. A maioria transava com o diretor ou o apresentador, quase em revezamento, para conseguir aparecer mais. Eu era um rosto conhecido de algumas pessoas e, por sorte, o diretor tinha visto as minhas duas novelas. Achou que daria mais audiência se eu ficasse na frente — e nem precisei dar para ele. Bastou para que as colegas me odiassem. Eu tinha meu lugar cativo, rebolava, recebia a maioria dos telefonemas da noite (recusava a maioria dos convites) e, quando aceitava, no máximo saía para jantares ou festinhas. Aluguei um apartamento minúsculo em Copacabana e no segundo mês já comecei a dever. Nada de bom acontecia. Com três meses de aluguel atrasado, o proprietário lacrou meu quarto. Chorei copiosamente na frente dele e então pude ao menos pegar as minhas coisas lá dentro.

Sentei num banco da praia. Meus planos não tinham dado certo. Eu não queria chorar. Sabia que meu destino me esperava, era uma questão de tempo. Listei, mentalmente, minhas alternativas naquele momento: voltar para a casa da minha mãe e começar do zero; tentar fazer o Val me perdoar e me dar abrigo de novo;

fazer alguns programas com os homens que telefonavam para mim. Escolhi a terceira opção porque se tratava de uma urgência — e também porque dar o braço a torcer nunca foi meu forte.

Em menos de um mês consegui um novo apartamento, desta vez na Glória. Alguns homens eu recebi lá mesmo, outros me levavam para o motel ou apartamentos emprestados de amigos. Não me envergonho dessa fase — eu sabia que não era puta. Estava apenas passando por momentos difíceis. E uma garota precisa pagar suas contas. Cheguei num ponto em que poderia até largar o emprego de dançarina. Só fiquei lá porque era a melhor forma de ter contatos. E quanto mais gente se conhece, melhor. Quer ver? Um dia passei a tarde com um cara que era irmão de um apresentador de TV que estava começando a ficar famoso. Ele ficou louco comigo e, no final, disse que o programa do irmão estava precisando de uma ajudante bonita. Marcou uma entrevista para mim na semana seguinte.

Foi uma barbada, as garotas eram todas umas idiotas. Não que o trabalho exigisse muita inteligência. Bastava levar o entrevistado do dia ao palco e depois buscá-lo — mas de vez em quando o apresentador conversava comigo, fazia comentários picantes, pedia que eu sentasse no colo dos entrevistados homens — que eram quase sempre celebridades de segundo escalão, cantores bregas. A cada programa eu vestia uma fantasia diferente. Fantasia sexual. Coelhinha, enfermeira, estudante, empregada, policial. Tudo micro, claro. Uma vez usei uma minirroupa de freira, mas foram tantos telefonemas reclamando que não pude repetir. Mas a maioria das ligações era pedindo meus contatos. Então continuei recebendo homens lá em casa, em dias que não tinha gravação.

Numa tarde de sexta-feira corri para atender a porta para um cara que, pelo telefone, tinha se apresentado como Wagner. Era o Alexandre. Estava mais magro, de barba, muito sério. Eu costumava vê-lo em alguns pequenos papéis na televisão, principalmente em novelas de época. Fingi que não tinha levado um susto. Eu estava ficando boa em fingir.

— Vai ficar parado na porta?

Ele entrou devagar e sem dizer nada. Olhou tudo, sentou no sofá, depois me encarou. Perguntou se eu estava bem. Respondi que sim. Depois comentou que só estava ali para saber se era verdade o que tinha ouvido falar.

— O quê? Que eu recebo homens em casa? É verdade. Ou você, ou melhor, o Wagner, não estaria aqui.

Ele deu um suspiro, parecia transtornado.

— Se as coisas estavam ruins, você poderia ter pedido a minha ajuda.

Engraçado. Quando fui despejada e listei as minhas possibilidades, pedir ajuda ao Alexandre sequer passou pela minha cabeça. Eu não perdoaria uma traição, não imaginei que alguém pudesse perdoar. Mas os homens são assim: quer que ele se apaixone e sonhe com você para sempre? Fácil. Dê um chute na bunda do cara. Homem nunca esquece a mulher que cagou para ele. Pode nunca confessar, mas vai lembrar de você até o minuto antes de morrer. Ainda apaixonado ou não, eu suspeitava que meu ex-namoradinho estava ali para me humilhar. Ele agora tinha uma carreira e eu era puta. Corrigindo, eu *estava* puta. Não iria baixar a cabeça.

— Agora que você já sabe a verdade, vai querer alguma coisa ou não? Os amigos antigos têm desconto.

Ele me olhou por alguns segundos e então levantou e saiu batendo a porta. Olhei pela janela e vi que ele entrava num carro importado. Estava bem, o Alexandre. Eu bem podia ter faturado algum.

Depois de um tempo fiquei mais seletiva, porque o programa estava me fazendo ficar conhecida. Comecei a frequentar programas de entrevistas e comecei a cavar uma capa de revista masculina. Estava na hora de eu embolsar uma grana e, quem sabe, largar aquela vida. O pessoal do programa me ajudou a fazer alguns contatos. Conheci o editor de uma das revistas mais vendidas. Ele me recebeu bem, vistoriou o material e gostou. Mas me disse que estava com os dois meses seguintes preenchidos:

o primeiro com uma cantora de funk. O segundo justamente com a vagabunda da mulher do Sandro! Àquela altura, ex-mulher. Antes que o casamento completasse um ano ele pegou a santa esposa com outro. Agora ela estava por aí, na vida, garimpando espaço como todo mundo. Como eu. Eu me sentia mal ao pensar que estava no mesmo nível que ela. Mas era ainda pior imaginar que ela ganharia aquela capa. Era hora de jogar pesado.

Um dos meus clientes mais frequentes, que acabou ficando meu amigo, era o Pepe, um filho de italianos que trabalhava como segurança em hotéis da Zona Sul. Ele já tinha me confessado que participava de algumas operações muito particulares, questões familiares, conjugais. Pedi ajuda a ele.

— Eu não quero saber o que vai acontecer, desde que não seja nada fatal. A única coisa de que eu preciso é que ela não tenha a mínima condição de mostrar o corpinho nos próximos seis meses.

Pepe foi perfeito. Em três dias a vadia aparecia nos jornais populares, de olho roxo e hematomas no corpo inteiro. O pior: acusava o Sandro. Eu não tinha pensado nisso, mas é claro que a culpa recairia sobre o corno (até o mês seguinte, quando, quem sabe, ela me veria na capa da revista). Ele teve que prestar depoimento e tudo. Eu tive que rir. Como dizia a minha avó, matei dois coelhos com uma cajadada só. Afinal, o Sandro tinha sido muito filho da puta comigo também, tirou a minha pensão, me deixou na pior por causa de uma mulherzinha qualquer.

A revista foi um sucesso. O editor me disse que havia sido uma das maiores vendagens do ano. Fiz lançamento em várias cidades, fiquei com as mãos doendo de tanto dar autógrafos. E vi que eu estava no lugar certo, na hora certa: a emissora lançaria um *reality show* só com mulheres e me convidou. Era uma ideia nova: escolher uma apresentadora de TV. A vencedora — escolhida pelo público — ganharia um programa com seu nome, nas tardes de sábado, com música, entrevistas, debates, gente famosa. Tudo o que eu sempre quis para mim! Éramos vinte e cada uma tinha uma pequena equipe de produção. No fim de cada semana, apresentávamos um piloto de dez minutos. As outras candidatas tinham perfis parecidos com o meu: atrizes de pequenos papéis, modelos, dançarinas. Mas eu tinha mais experiência. E também era a mais bonita. Sem falar no meu nome. Nenhuma delas era Ingrid Lugon. Só eu.

Seis meses depois estreava o programa Alice Bel. Ela era mulata, tinha o cabelo alisado, peitos de silicone quase no pescoço e nunca falava o plural direito. O nome não era Alice e nem Bel. Uma das produtoras me disse que era Maria Graciane da Silva, mas achei que era provocação. Mas o povo aprovou a mulherzinha, o que eu posso fazer? Só lamentar a falta de gosto.

Mas fiquei entre as cinco finalistas, o que quer dizer que cansei de aparecer na televisão. Passei a cobrar minha presença em eventos, desfiles, lançamentos de cosméticos. Virei garota-propaganda de uma linha de produtos para emagrecer e de xampus de camomila. Nesse mundo de culto às celebridades dá para se viver um bom tempo de pequenos trabalhos. Uma vida segura: acordar tarde, ir à praia para bronzear o corpo, fazer massagens, academia, ir ao salão e depois, à noite, ir aos eventos faturar. Mas eu precisava de um fato novo, já não dava para sobreviver só com a fama do *reality show*. Nessas horas, o melhor é contratar um assessor. Fui atrás do cara que trabalhava com a Alice Bel.

Gian. Como a Alice, devia ter outro nome real. Wanderson Carlos ou Jonathan Augusto. Mas parecia sério, tinha um escritório na Barra com cinco funcionários. Não tinham ainda nenhum cliente de primeiro escalão, mas estavam trabalhando para que seus assessorados chegassem lá. Eu disse logo que não poderia pagar muito, mas o Gian não ligou. Falou que eu era belíssima e confessou que tinha até votado em mim no programa.

— Por favor, não comente nada com a Alice, ou ela me mata!

Fechamos um percentual que ele ganharia pelos meus trabalhos e imaginei que nas semanas seguintes ele me mandaria a desfiles de moda em cidades do interior e carnavais fora de época no Nordeste, mas ele chegou com a seguinte proposta:

— Você quer namorar o Hélio Dupont?

Por experiência própria eu já deveria saber que estar ao lado de um homem famoso é uma das coisas que mais impulsionam a carreira de uma mulher. Mas eu nunca havia pensado nisso de forma prática. Eu começava a gostar do Gian.

Hélio Dupont era o protagonista da novela das sete. Seu primeiro papel principal. Era bonito, alto, forte, moreno de olhos verdes. Mas nas últimas semanas o boato geral era de que não era lá muito macho. Era aí que eu entrava, explicou meu assessor. Não sei a quem esse acordo ajudava mais, a mim ou ao meu "namorado". Mas foi uma delícia sair com ele por aí. Hélio era divertido, inteligente, só me levava a lugares bacanas. Antes, é claro, Gian dava um jeito de avisar às revistas. Eram fotógrafos por todo lado, entrevistas, ensaios sensuais. Eu caprichava no meu papel de mulher loucamente apaixonada e, sempre que tinha oportunidade, dava um jeito de dizer o quanto ele era bom de cama. Em um mês recebi o convite para a novela. Eu estava de volta! Eu era a secretária do consultório médico onde se passava a maior parte da trama. Eu tinha poucas falas — já estava acostumada a isso —, mas usava roupas lindas, estava sempre maquiada e, no fim, minha personagem virou uma das suspeitas da morte do médico.

Eu era famosa como sempre quis. Renovei o contrato para mais uma novela, aluguei um apartamento no Leblon, comprei um carro, entrei num grupo de estudo de filosofia com vários famosos. Foi bom para fazer alguns amigos no meio. A maioria dos colegas tinha um certo preconceito em relação a mim, talvez por eu ter sido dançarina. Ou será que saberiam de alguns segredos do passado?

Depois de meses de paixão, eu e meu "namorado" terminamos o relacionamento. O motivo do fim, o sofrimento e meus planos para seguir em frente foram parar na capa de duas revistas de celebridades. Numa delas, eu rezava na Saint Chapelle, em Paris. Na outra, andava de bicicleta — muito séria — no Central Park. Foram viagens muito boas, principalmente porque saíram de graça. Só uma coisa me desagradava: não ser reconhecida nas ruas. Ali, na Europa, pensei em ir à Suíça, tentar achar meu pai, minha família. Desisti quando me ofereceram três dias em Londres antes de voltar para o Brasil.

Por um ano eu não parei. Todo mês eu dava uma passada na casa da minha mãe. Meu avô morreu num dia de gravação ao qual não pude faltar. Minha avó foi atrás dele, logo depois. Coisa de filme. Fui ao enterro dela — acompanhada de uma equipe de TV e uns dez fotógrafos. Minha dor de novo nas páginas. Desta vez real. Mas eu não tinha tempo para pensar nesses dramas familiares. Minha vida estava uma loucura.

No carnaval, encontrei Alexandre num camarote de cervejaria. Estava acompanhado da namorada, filha de um político, que tentava ser cantora — mas teria sido expulsa de qualquer programa de calouros. Cumprimentei os dois e, durante a noite, fiz questão de lançar olhares para o meu ex. Percebi que a moça não estava gostando, mas, como esse tipo de coisa me diverte, continuei. Quase de manhã, o encontrei, sozinho, no restaurante. Falava com a voz muito enrolada. Pelo jeito, tinha bebido muito:

— Veio catar clientes aqui no camarote?

Eu poderia ter dado um bom tapa na cara dele ou simplesmente me afastado. Mas aquilo parecia mais novela do que vida real, o que me fascinava. Dei corda:

— Por quê? Está interessado nos meus serviços? Da última vez você negou fogo.

Saímos dali direto para a minha casa e transamos como nunca. O tempo tinha feito bem ao Alexandre. Apesar do pileque, estava mais seguro e ousado. Passamos a nos encontrar todas as noites. Ele queria coisa séria.

Achei que ele seria um bom namorado para a minha imagem: um ator com a carreira ascendente, elogiado pela crítica, começando a fazer teatro. Quem sabe eu também não estreava nos palcos? Meu assessor sempre diz que é uma bela forma de os atores de televisão serem reconhecidos por aí. Um belo cenário, lindas roupas (ou um nu polêmico), um diretor esperto e talvez esqueçam que falta talento.

Eu não fiz teatro, mas fui feliz com o Alexandre. Além de tudo, ser casal famoso é faturar mais. Atuamos como par numa minissérie, fizemos dois comerciais juntos, entrevistas a dois. Mas um dia ele começou a crescer e me deixar para trás. Ganhou o papel de protagonista da novela das oito, prêmio no teatro, participação num filme francês. Eu continuava com personagens médios, críticas médias, bibelô de eventos VIPs — aos quais raramente ele podia me acompanhar. Foi num deles que conheci o Marcio Antunes — herdeiro de uma rede de hotéis. O tipo de rico que tem jatinho, helicóptero e mais tantos imóveis e sociedades que fica difícil listar. Daqueles que traçam modelos e depois emprestam pros amigos mais chegados — uma espécie de rodízio de carnes. Foi eu entrar e ele focou no meu decote. Era minha primeira aparição depois dos mililitros de peitos a mais.

Estreei o silicone com o Marcio. Foi mesmo em grande gala. O único problema é que ele não levou camisinha.

Chiei um pouco no começo, mas ele valia a pena. Tomamos o café da manhã juntos, com calma. Meu marido famoso estava no Nordeste gravando mais uma minissérie — desta vez sem mim. Teria sido o crime perfeito se eu não tivesse confiado demais na tabelinha. No mês seguinte, o exame de farmácia ficou azul-anil, o que rimou com o palavrão que eu gritei ao descobrir que estava grávida.

Até meu filho nascer eu não sabia quem era o pai. Nos primeiros meses a dúvida permaneceu, porque ele era mais parecido comigo do que com qualquer pessoa. Quando ele completou quatro meses, uma revista quis nos colocar na capa. Pois na foto ele ficou a cara do Marcio — apesar do sorriso de pai orgulhoso do Alexandre. Ele sempre foi louco pelo menino, uma coisa que chegava a irritar. Queria colocar seu nome no filho, mas eu tenho horror a juniores da vida. Acabou sendo José. Esses nomes antigos estão na moda, são chiques. Antônio, Francisco, João, Pedro, Joaquim. Daqui a pouco as creches da Zona Sul vão estar cheias de Manoéis e Estácios.

José virou Zeca rapidinho.

A obsessão do Alexandre pelo garoto tinha um lado bom: ele dava mamadeira de madrugada, acordava às cinco da manhã junto com ele, dispensava a babá e tudo. Nos fins de semana levava para passear no parque enquanto eu dormia até às onze. Ainda bem, porque dormir bem é a fórmula da beleza. Não tem momento em que uma mulher fique mais baranga do que quando o filho nasce. O outro lado da moeda, porém, é que nosso casamento ia para o fundo do poço. Com as atenções do Alexandre voltadas para trabalho e filho, filho e trabalho, a gente mal se olhava. Não que me fizesse falta. Mas a ideia de que poderíamos nos separar me preocupava. Meus trabalhos escasseavam. A última coisa que poderia me acontecer era ficar na pior de novo. E agora com um filho.

Era hora de garantir o meu futuro de uma vez por todas. Eu estava prestes a fazer 30 anos e, daí em diante, uma mulher já não tem mais as mesmas oportunidades, por mais que se cuide. Por isso não me arrependo do que fiz. Eu sei que o Alexandre sofreu quando soube — ainda mais porque foi através da imprensa. É que eu sempre tive problema com essas coisas de olho no olho. Mas não é nada que ele não possa superar. Que faça um filho dele em outra mulher!

José Lugon Antunes vai fazer 2 anos e está com seu futuro garantido. A mãe dele também. Moramos num casarão vizinho ao do pai dele, no Jardim Botânico. Marcio Antunes é um homem mais do que generoso — e acho que ótimo pai. A cada 15 dias passa aqui em casa e busca o menino para passar o fim de semana — quase sempre em Campos do Jordão, onde ele tem uma mansão. A gente se dá bem, eu acabo sempre amiga das modelos que ele namora. Foi uma delas, aliás, que me apresentou ao diretor artístico da emissora onde agora eu tenho um programa de entrevistas. Recebo gente muito bacana, artistas, políticos, estudiosos de tudo quanto é tipo de coisa, é ólogo que não acaba mais. Eu nasci para isso. E trabalhar com a tranquilidade da vida ganha não tem preço. Outro dia soube que o pessoal da produção — um monte de caras de pau! — convidou o Alexandre para uma entrevista. Queriam que ele falasse da nova peça. Mas ele recusou. Uma pena. A audiência iria explodir.

Mariana
33 anos
Arquiteta

Eu sempre tive uma tese: a gostosa aos 15 anos vai ser o dragão aos 30. Quando encontrei a Gabriella naquele dia na praia tive certeza disso. A gente não se via havia mais de dez anos e o tempo decididamente não tinha sido lá muito generoso com ela. No pré-vestibular, o olho-gordo dos colegas da turma estava nela. Agora a gorda era ela! Brincadeira, ela nem estava tão gorda assim. Era só um poço sem fundo de celulite, um corpo de pera que eu vou te contar! Sem falar que se tirasse a parte de cima do biquíni — é, ela usava biquíni! —, mataria uma população de tatuís na areia!

Eu? Ah, eu era uma adolescente normal, tinha meus atributos, mas nada de bundão, peitão. O resultado é que agora eu estou aqui, balzaca, no auge de minha beleza. A encorpada que a idade traz só me fez bem. Não é toda mulher que pode fazer mais sucesso aos 30 do que aos 18. Verdade que eu continuava solteira, mas por total opção. Eu ainda estava experimentando as coisas boas do mundo, e juro que a última coisa que eu pensava era em me prender a alguém.

Pois estávamos na praia, as duas. Eu, jogando frescobol com uma amiga. Gabriella tomando sorvete, refestelada numa cadeira.

— Você não é a Mariana, do Andrews? — me perguntou quando passei por ela pra pegar a bolinha arremessada longe.

— Sou...

Por alguns segundos eu não a reconheci, mas ela logo desfez minhas dúvidas. Devo ter ficado boquiaberta.

— Gabi... você está tããããão diferente...

— O tempo passa, né?

Em dez minutos nos reapresentamos. Quando se encontra alguém depois de muito tempo, é mais ou menos como seguir um roteiro: "E aí? Está trabalhando em quê? Morando onde? Casou? Tem filhos?"

Gabriella estava casada mas ainda não tinha filhos. Queria muito, mas tinha problemas para engravidar. Morava no apartamento dos pais, que tinham se mudado para o interior. Fez faculdade de psicologia, mas não seguiu a profissão. Tocava uma floricultura junto com o marido — que justo naquele momento voltava da água.

— Olha ele ali!

Leonardo de Abreu Novaes. Ainda que o tempo tivesse passado, uma aparição. Eu ainda me lembrava do sorriso, do hálito fresco e das coxas. Jogava futebol às terças e quintas depois da aula. Motivo suficiente para eu chegar atrasada para o almoço lá de casa. Então era com ele que a Gabi tinha se casado? Ora, ora.

— Léo, lembra da Mari Oliveira, lá do Andrews?

Imaginei os dois numa floricultura. Ele no caixa, ela usando luvas, tesoura na mão, e atendendo, sorridente, os consumidores. Ou seria o contrário? Em que momento eles haviam começado a namorar? Na escola não era, eu me recordaria. Deve ter sido um tempo depois. Eu estava tonta.

— Claro! Oi, Mari!

Eu lembrava do dia em que ficamos, eu, ele e mais dois colegas, presos na biblioteca. A funcionária saiu para o almoço e não notou que estávamos atrás das estantes. Por uma hora e meia esperamos que ela voltasse. Contamos histórias de terror. Leonardo me assustou com o relato da voz do avô morto ao telefone, no dia de seu aniversário. Incrível eu lembrar disso agora. Eu chegava a sentir o cheiro de mofo da biblioteca, que tinha infiltrações por todo lado.

— Uns dez anos...? Mais? — perguntou, todo molhado. Nesse tempo todo eu jamais havia parado para pensar nesse cara. Passou batido. Nunca namoramos. E eu nem sabia que ele tinha namorado alguém da escola. Mas foi só encontrá-lo e concluí que passara toda a minha adolescência em função dele. Léo já chegou? Já foi? Vai sentar em que carteira? Está em que grupo de estudo? Vai ficar de que lado na cantina? Será par de quem na quadrilha?

— Acho que é isso — respondi. — Uns dez anos...

Poucos minutos de papo, eu já sabia que Gabi tinha sido a "paixão platônica" de Leonardo durante todo o tempo de escola. Como é que eu não sabia disso? Ela jamais dera bola para ele. E como ela poderia ser a paixão de alguém como o Léo? Gabriella. Sem sal. Incapaz de uma frase realmente inteligente. Usava colar com o próprio nome em letrinhas pontilhadas de brilhantes. Fazia uma bola no pingo do i. Como Léo teria se apaixonado por alguém cujo nome tem dois Ls? Tudo bem que, nesse caso, a culpa é da mãe dela, mas existe coisa mais fresca na face da Terra? Gabriella estava sempre querendo agradar. Levava presente no aniversário das professoras. Ajudou a filha da faxineira a conseguir uma bolsa de estudos na escola. Seu jeito de manipular era esse. Estar sempre com créditos diante do mundo. Insuportável. Sempre foi muito gentil comigo e sua simpatia me irritava. Qualquer fotografia em que eu estava, lá vinha Gabriella, comentando como eu era "fotogênica". Por favor. Fotogênicos são os feios que, por alguma obra divina, saem bem nos retratos. Só podia ser sacanagem. Deus me livre de ser chamada de fotogênica, simpática ou boazinha. Pior ainda de esforçada. Prefiro que me tenham como feia, amarga ou medíocre. Detesto meios-termos, odeio sóis tampados com peneiras.

Os dois continuavam a me contar sua história de amor. Voltaram a se encontrar um ano depois que saíram da escola. Num enterro. O pai de um amigo em comum. Nunca mais se separaram. Nove anos, entre namoro e casamento. Só me faltava dizer que eram virgens que haviam conhecido o amor juntos! Enfim, era hora de me despedir. Mas não sem antes semear alguma coisa:

— Sabe que por coincidência ganhei três entradas para um show *revival* dos anos 80? Adoraria que vocês fossem comigo! Pelos velhos tempos.

Toparam na hora, claro.

Fui para casa pedindo aos céus tranquilidade para esperar o fim de semana seguinte. Taí uma coisa que me falta nessa vida: paciência. Qualquer espera me arrasa. Àquela altura do campeonato, Leonardo já era um objetivo. Mas eu não queria me enganar. Gabriella poderia estar uma vaca, mas, dizia ele, havia sido uma grande paixão. Para ficar com aquele homem era preciso mais do que uma simples batalha no campo estético. Eram imagens, sentimentos, criados no auge da juventude. E vamos combinar que não há nada mais forte do que isso. Não à toa eu estava — de novo — apaixonada pelo Léo.

Era pouco tempo para ter tanta certeza do que eu queria? Não acho. Quase tudo comigo é assim: me dá um clique e pronto, virou lei.

O show foi muito bom — apesar da grana que eu desembolsei. Claro que eu não tinha entrada alguma de graça! Mas valeu. Cantamos, dançamos. Quando alguém cantou "Exagerado", do Cazuza, tive que rir: *adoro um amor inventado.* Só que o fato de ser inventado não invalida o sentimento. Todos os amores, afinal, não são inventados? São inventados, convenientes, emergem de acordo com as nossas expectativas.

Terminamos a noite num chope. Já de madrugada, os três meio altinhos de chope, arrisquei:

— Gabi, você sabia que na escola eu era a-pai-xo-na-da pelo seu marido...?

Os dois ficaram surpresos. Se entreolharam, mudos. O Léo, vermelho. Continuei:

— É verdade! Eu era louca por ele.

Deixe-me abrir um parêntese aqui para explicar essa minha tirada bombástica. Tem coisas que só o álcool ajuda a gente a pensar. E eu sempre fui de ter *insights* etílicos da maior qualidade! Pois eu estava ali naquela mesa matutando como dar o próximo passo. Não dava para ficar chamando os dois para sair todo fim de semana, inventando shows, eventos, festas. Rapidamente ia começar a pegar mal. Então, de repente, eu decidi dizer... a verdade! O que eu tinha em mente ao fazer isso? Acompanha meu raciocínio: há nove anos Leonardo só vê Gabriella. Pode ter dado escapadinhas por aí? Pode. Mas se fez, foi coisa pouca. Está escrito na testa dele: Sou fiel! Ou seja: eles vivem numa rotina — que pode até ser boa, se eles gostam um do outro, mas é uma rotina. Ao lado disso, não vamos esquecer que a mulher em questão está... uma vaca! Resumo da ópera: era preciso mexer com a cabeça desse homem. Nesse caso, nada melhor do que ele saber que há uma mulher — uma outra mulher! — ali pertinho que está de quatro por ele! E ela admite tudo! Na frente da mulher dele! É ou não é suficiente para tirar alguém do sério?

Dito isso, voltemos ao bar. Fui em frente.

— E preciso confessar uma coisa: quando vi o Léo naquele dia na praia... voltou tudo. Eu estou apaixonada...

Os dois perplexos.

— Foi por isso que eu chamei vocês pro show. E agora que estamos aqui, tinha que fazer essa confissão... Vocês são tão legais... Ai, que vergonha!

Colocaram panos quentes. Culparam o chope. Disseram que no dia seguinte eu nem me lembraria daquilo tudo. Pois eu estava mais sóbria do que nunca. Não demorou muito, fomos embora. O caminho de volta foi silencioso, um pouco constrangedor, mas se despediram de mim na maior simpatia.

Passada uma semana daquela noite, achei que meu plano não tinha dado certo. Mas no oitavo dia, meu telefone tocou.

— ...Mariana?

Não reconheci a voz de primeira.

— Mariana Oliveira?

Léo!

Claro que ele tinha uma bela desculpa:

— Estou incomodando? É que eu queria indicação de alguém que pudesse fazer o projeto da loja de um amigo.

Nem preciso dizer que me ofereci, né?

— Então tá. Ele vai telefonar pra sua casa, tudo bem?

— Ótimo!

Não perguntei da Gabi. Ele também não falou dela. Já íamos desligar quando atirei·

— Pode almoçar amanhã no Centro?

Ele demorou alguns segundos. Depois disse que podia na segunda-feira — dali a cinco dias, portanto. E emendou com hora e local.

A segunda-feira finalmente chegou. E nenhum amigo telefonou procurando meus serviços de arquitetura. Bom sinal: era mesmo uma desculpa!

Cheguei ao restaurante, ele já estava lá. Última mesa, no fundo. Na minha cabeça, além da escova progressiva, uma lista de assuntos. Porque a penúltima coisa que poderia acontecer era ele ficar sem graça diante de mim! Na minha bolsa, uma caixa de camisinhas. Porque a última coisa que poderia acontecer era a gente não transar por falta de prevenção!

O mais importante de tudo era manter o estilo confessionário: a verdade acima de tudo.

— Seu amigo não ligou.

— Não...?

— Não.

— Bom... de repente ainda vai ligar. Ou desistiu da reforma.

— Léo, tem mesmo um amigo ou era desculpa pra me telefonar?

Ele não respondeu, sério. Depois, como eu sorria, sorriu também.

— Mari, você é tão sincera...!

A partir daí, relaxamos. Falamos de tudo: a escola, os amigos antigos, trabalho, música, política. Léo falava e falava, dava a impressão de que não se manifestava havia anos sobre toda e qualquer coisa. Ataquei:

— Está feliz com a sua vida?

Ele estancou. Pensou um pouco, sorriso levemente amarelo.

— Acho que sim...

E mudou de assunto. Não insisti, era só para ele pensar naquilo depois. Ninguém fica impune a uma pergunta dessas. Ainda mais homem, raça atormentada, confusa e insatisfeita. Ok, posso estar generalizando, mas quase todo macho que conheço vive pensando no que poderia ter feito e não fez. Em se tratando do Léo, eu não estava disposta a entrar nessa lista:

— Quando vamos nos ver de novo?

Foi uma semana depois. Em vez de almoço, um chope. Provolone à milanesa, espetinho de mignon, cebola empanada. Eu já estava entupida de gordura e não me vinha qualquer ideia de como fazer aquilo andar sem precisar ser tão oferecida. Uma forte azia me atacava. Mas resolvi ser paciente e ver até onde ele ia sozinho.

Demorou. Nos encontramos ainda quatro vezes: dois almoços, mais um chope e, por fim, um passeio na Lagoa, ao anoitecer. Mesmo protegido pelo escuro e pelas árvores, o cara não parava de olhar para os lados, amedrontado. Decididamente aquilo estava me dando nos nervos.

— Léo, meu estoque de lembranças da escola, filmes preferidos e considerações acerca do país está chegando ao fim. Por que estamos nos vendo?

A ironia não o incomodou. Ficou um tempo calado e, por fim, disse que estava apaixonado. Olhava para o chão quando disse que pensava em mim da hora em que acordava até pegar no sono, à noite. Parecia letra de música. Ele tremia quando finalmente me olhou nos olhos e deu um sorriso tímido.

Envolvi seu pescoço e nos beijamos loucamente. Só não fomos para o motel mais próximo porque ele tinha hora para chegar em casa. Eis que, de mãos dadas, no caminho do estacionamento, de onde iríamos cada um para o seu lado, uma mulher cruzou conosco, encarando Léo. Uma conhecida, nem foi preciso me dizer. O homem gelou.

— É a Verônica, prima da Gabi!

Pior é que eu lembrava dela, também era da escola, dois ou três anos mais velha. O encontro inesperado azedou a declaração de amor e o andar da carruagem. Peguei minha abóbora e segui para casa.

No dia seguinte, Léo não telefonou. Era ele que ligava sempre. Pensei que talvez tivesse desistido, diante do susto. À noite, quando entrava no banho, o meu celular gritou. Achei que era o Léo, me sequei rapidamente e atendi. Era a Gabi.

Queria conversar comigo. Sugeriu um almoço. Poderia me encontrar perto do meu trabalho. A voz dela não era muito boa, mas estava doce como sempre. Perguntei o que tinha acontecido. Será que ela sabia de alguma coisa? A prima tinha sido tão rápida assim? Gabriella respondeu apenas que precisava de uma amiga para conversar.

E essa amiga era eu?

Rolei na cama sem conseguir dormir, imaginando se havia algum tipo de armadilha ali — mas, ao mesmo tempo, duvidando que a Gabi pudesse ser tão esperta a ponto de me sondar com aquele papo de amiga. Quem sabe o Léo tinha dado algum passo em falso e ela queria ver se eu confessava. Afinal, eu havia dito a ela que tinha uma paixonite por ele! Se ela não sabia que era eu, ao menos desconfiava.

Fui preparada para negar. No espelho, quando me arrumava, repeti cem vezes: "Eu? Você está louca?", com a cara mais surpresa que pude. Quase acreditei em mim mesma.

Gabriella chegou num vestido-balão que a deixava ainda mais gorda. Que delícia vê-la tão fora de forma! O garçom chegou e ela não fez por menos. Enquanto fui na saladinha, ela caiu de boca numa lasanha aos quatro queijos. Pedidos feitos, era a hora da verdade.

— Gabi, agora me diz o que aconteceu? Você parecia tão preocupada.

Ela suspirou e seus olhos se encheram d'água.

— Eu sei que não somos mais tão amigas. Mas você parece tão segura, tão sincera. Foi a primeira pessoa que eu pensei que poderia me ajudar.

— Fala!

— Eu acho que o Léo está tendo um caso.

A prima tinha dado com a língua nos dentes. No mesmo dia. A informação: vira o Léo andando na Lagoa, de mãos dadas, com outra mulher. Por sorte eu não havia sido reconhecida. Gabi sofria. As lágrimas rolaram. Eu não sabia o que dizer. Mas precisava pensar rápido em alguma coisa que me favorecesse.

— Querida, essa sua prima é de confiança?

— Ela não teria por que mentir.

— Tem certeza?

É muito fácil colocar minhocas na cabeça dos outros. A maioria das pessoas não tem segurança em seu próprio taco, não confia em sua percepção. Uma frase de efeito, dita com ênfase, é o suficiente para uma certeza se desmanchar em mil possibilidades.

— Você e Léo são um casal feliz, Gabi. Sabe que isso causa muita inveja nas pessoas?

Para minha sorte, a prima era uma solteirona desesperada com o relógio biológico. Foi noiva durante anos de um homem que, no fim, desmanchou tudo para ficar com uma colega de trabalho. É claro que ela era suspeita.

— Será que era ele mesmo? O Léo é um tipo comum. Sua prima e ele se veem sempre?

Viam-se raramente, só nas festas de fim de ano. Os olhos da minha mais nova amiga começaram a brilhar. Mas alguma coisa ainda estava fora de ordem. O rosto se fechou novamente.

— Mas o Léo anda muito diferente.

O marido apaixonado já não era mais o mesmo. Não prestava mais atenção ao que ela falava. O olhar, sempre perdido. Sexo, cada vez mais raro. A desculpa era uma crise profissional. Não estava feliz cuidando da floricultura. Em breve estaria com 40 anos e nunca havia se realizado. Gabriella esperava que fosse uma fase. Mas quando a Verônica apareceu com a história da tal mulher, achou que tudo estava ligado.

Era hora de começar a confundir.

— Mas e se ele tiver mesmo alguém, Gabi? Um caso passageiro, um rolo de uma noite. O que você faria?

Peguei a moça de surpresa. Ela esperava, claro, que eu afastasse a possibilidade de ser verdade. Foi para isso que escolhera para conversar alguém com quem não tinha a menor intimidade. Quem não é amigo não quer se envolver no problema — e joga logo o assunto para escanteio.

— Mas você acha que ele pode mesmo ter um caso?

O resto do papo só serviu para eu perceber o quanto Gabriella era mesmo uma idiota. Saiu do restaurante convencida de que a melhor coisa que tinha a fazer era não procurar, não cavucar. As coisas vão seguir o rumo que têm que seguir, eu disse, depois de ela me abraçar, agradecendo o tempo e a atenção.

Qualquer pessoa teria caído fora dessa novela. Mas eu não sou qualquer pessoa. Léo sumiu por uns cinco dias, mas, no sexto, deu sinal de vida. Desculpou-se pela falta de notícias. Sentia a minha falta. Mas não queria mais se arriscar.

— Eu estou meio confuso.

Homens, sempre confusos, divididos, vacilantes. Mas, afinal, ele não pensava em mim 24 horas por dia? Onde estava tanta paixão? Minha vontade era desfilar os piores palavrões que eu conhecia. Quanto tempo perdido, encontros infrutíferos, papos estéreis. Atenção desperdiçada a troco de quê? Léo estava me devendo. Cobrei:

— Eu quero uma despedida. Eu mereço. Nós merecemos!

Passamos a noite seguinte no motel. Não sei o que ele disse em casa, mas pela maleta que carregava, a desculpa deve ter sido alguma viagem. Se foi bom? Foi. Foi bom para eu tirar de uma vez da minha cabeça a ideia de que aquele era o cara da minha vida. Minha vontade era voltar para casa ainda de madrugada, tamanha a falta de assunto, o constrangimento de não saber o que eu fazia ali. Não havia qualquer sintonia entre nós, ele era um amante sem iniciativa e não fazia nada do que eu gosto. Sexo feito, eu disse que precisava tomar um banho. Demorei bastante, torcendo para que ele dormisse. Foi o que aconteceu. Ou, para minha sorte, ele fingiu. Meia hora antes eu também havia fingido naquela mesma cama.

Léo ainda roncava quando clareou. Olhei minha figura no espelho do teto. Indaguei ao meu próprio reflexo de onde vinham meus desejos. Estava claro que, desde o início, Léo era uma invenção, um passatempo. Eu queria um homem? Precisava de um companheiro? A resposta era clara: não. Eu estava feliz naquele dia, na praia, quando encontrei os dois. Então tudo clareou: meu alvo não era ele. Era ela. Gabriella.

Em vez de seguir direto para o trabalho, passei em casa. Tomei um banho demorado para exorcizar o cheiro de sabonete de motel. Depois, sem pressa, abri o armário à procura da sacola de praia. Ainda estava ali. O cartão da Gabi. Telefones e e-mail.

Liguei o computador e, enquanto esperava conexão, preparei um suco de tomate — com bastante pimenta — e deixei gelando. Voltei ao escritório. Descarreguei o arquivo da fotografia que eu tinha feito do Léo, com o celular. Nu, de costas, aparecendo parte da cama redonda e do quadro brega de mulher nua. Abri uma mensagem.

Gabriella
Era eu.

Mariana.

Pouco me importava se Gabriella viria me procurar para tirar satisfações. Não seria nada mau olhar para ela depois que ela soubesse que eu tinha sido a causa do olhar perdido do marido dela. Também não ligava de o Léo me odiar. Não seria o primeiro. Estava feito. Tomei o suco de tomate. Ainda me lembro da boca ardendo, o coração aos pulos. Eu era — enfim — muito melhor do que ela.

Diana
26 anos
Professora de inglês

Amor? Não sei o que é. Eu tinha uns 12 anos quando minhas amigas começaram a namorar. Achava os meninos legais, mas não tinha vontade de nada com eles. Não, não, eu também não gostava de menina, de jeito nenhum. Queria viver minha vida, ir ao cinema, ouvir música, ler, estudar. Não entendia qual a graça de namoro. A ideia do sexo também me era esquisita. Anti-higiênico. Aos 17, nada de namoros. Minha mãe estranhava. Fazia perguntas. Eu respondia sinceramente. Não gosto de ninguém. Mas ela não parava. Foi quando comecei a perceber que na vida não dá para ser assim, tão sincera. Determinadas verdades jamais serão aceitas. Como, por exemplo, eu simplesmente não querer ser par de ninguém.

Eu pensava: afinal, por que este e não aquele? Como é que minhas amigas acreditam em almas gêmeas e seguem ouvindo canções de amor e escrevendo segredos em seus cadernos de capa rosa? Mas a família não parava de cobrar. Eu já tinha 18 anos e nada de namorado. Minha mãe perguntou se eu gostaria de ir a um psicólogo. Passou a dar nosso telefone para os filhos das amigas. Fez uma promessa. Adoeceu.

O jeito foi arrumar uns namorados. Não era difícil. Eu sou muito bonita. Sempre fui. Todo mundo diz e eu sei. Descobri muito pequena, ao perceber como me olhavam na rua, como minha chegada a qualquer lugar causava um estranho burburinho. Em pouco tempo eu odiava ser bonita. Pré-adolescente, cortei os cabelos muito curtos, como um menino. Só usava roupas largas. Depois desisti de tentar ser feia. Dava muito trabalho.

Então foi fácil namorar. Eles duravam duas ou três semanas. O tempo de levar em casa para almoçar no domingo, pegar um cinema, dançar nas festas e só. Quando os beijos ficavam mais molhados, eu terminava. A parte ruim é que eles ficavam apaixonados. Se eu pudesse, evitaria. Mas percebi logo que os meninos gostam mais das meninas que não pegam no pé, daquelas que sempre têm alguma coisa para fazer e não ligam para eles a toda hora. Eu estava só prestando contas à família, caramba! Não queria aturar aquele chororô. Com o tempo eles ficavam bem, alguns viravam meus amigos. Muitos passavam a namorar minhas amigas.

Foi um deles, o Flávio, que há dois anos me apresentou ao irmão mais velho. Marcelo. Eu era uma virgem de 23 anos — uma espécie em extinção — e assim eu queria continuar até morrer. Mas se eu nunca tinha feito sexo, isso não significava que eu não gostava de ser olhada, admirada. Desejada. Aqueles namorados preteridos acabaram virando um belo esporte. Eu contava os dias para terminar. Não só para me livrar deles e poder ficar um tempo descansando daquele teatro, mas também para ver como seriam as reações. O ser humano é muito interessante — e surpreendente. Muitas vezes os que eu achava que mais sofreriam reagiam muito bem. E os que pareciam mais desligados pareciam que iam se matar. Ninguém conhece ninguém de verdade. É pura ilusão acreditar na cumplicidade entre duas pessoas. Não temos a mais vaga ideia do que vai na mente alheia. Vivemos todos um teatro. E eu seguia com o meu.

Marcelo era advogado, recém-chegado de um mestrado em Coimbra. Inteligente, daquele tipo que tem uma opinião para toda e qualquer coisa — e que às vezes fala besteiras de forma tão segura que convence todo mundo. Quando a gente se viu pela primeira vez eu já sabia que ele ia querer me namorar. Uma mulher sabe quando agradou — em especial uma que agrada sempre. Os olhares são sempre os mesmos, o jeito de falar é o mesmo. A verdade é que os homens não oferecem grande variação. Não demorou muito, Marcelo me chamou para sair. Fui. Ele era divertido, educado e, ao contrário da maioria, não desfilava cantadas idiotas. Saímos outras vezes, só papo. Estava ótimo assim. Mas é claro que ele queria mais.

Tentou me beijar duas vezes. Fugi. Depois da terceira, me perguntou qual era o problema. O que dizer? Disse que gostava dele só como amigo. Então ele sumiu do mapa.

— Ele gosta de você, filha.

Minha mãe adorava o Marcelo. Partidão. Ela estava certa. Uma semana depois do sumiço, Marcelo baixou lá em casa. Estava nervoso. Falamos sobre o tempo, comentamos o pacote econômico e o disco novo do Caetano. Já tinha quase uma hora que ele estava lá em casa quando pegou as minhas mãos, disse que me amava e queria noivar comigo. Fiquei sem fala Noivar? Depois disso o verbo era casar. Devo ter feito uma cara muito assustada, porque ele logo largou minhas mãos. Para ele não ficar muito triste, disse que ia pensar — coisa mais adolescente! Pelos dias seguintes, minha mãe tratou de me pressionar.

— O amor vem depois — tentava me convencer.

Uma noite, no travesseiro, percebi que aquilo não acabaria nunca. Eu ia ser cobrada para sempre. E quanto mais velha eu fosse, pior. Ironia. Quantas amigas minhas loucas para casar. Doidas atrás de homem. Para mim, uma ideia sem qualquer sentido. Mas talvez ceder me desse um pouco de paz. Meus pais satisfeitos, um homem inteligente para eu conviver, nada mais de caras me paquerando o tempo todo. Se bem que qual é o homem que respeita mulher casada?... Não era má ideia, se não fosse por um detalhe: sexo. A ideia me dava engulhos. Mesmo assim, resolvi arriscar. O que eu tinha a perder? Primeiro eu diria que queria casar virgem. E depois de um sacrifício inicial pós-casório, bastava seguir a cartilha da maioria das esposas: dor de cabeça, cansaço, sono. Se eu tivesse sorte, ele arrumaria logo algumas amantes e seríamos felizes para sempre.

Noivamos. Minha sorte é que o Marcelo não era muito beijoqueiro e nem daquele tipo polvo, que começa a espalhar os tentáculos pelo seu corpo inteiro. O que ele mais fazia era me olhar, me olhar e me olhar. Adorava me exibir por aí. Eu podia sair de saia curta, blusa decotada, maquiagem exagerada que ele nem ligava. Ficava só observando os outros a me observar. Um dia, num restaurante, um desconhecido me encarou sem parar. Impossível não perceber. Mas o Marcelo, se é que viu, nada fez. Sequer um comentário. Estranhei. Não que me incomodasse de ser olhada. Mas me incomodava ele não se incomodar de eu ser olhada.

Situações semelhantes se repetiram ao longo de meses. Um homem chegou a me mandar um torpedo de guardanapo numa boate. Quando o garçom me entregou, Marcelo disse que ia ao banheiro, não demonstrou qualquer curiosidade. Depois me chamou para dançar bem perto de onde estava o sujeito. Perguntei:

— Marcelo, você não tem ciúmes de mim?

— Quem confia não tem ciúmes. Por quê?

Desconversei.

Percebi então que ele tinha todos os motivos para não ter ciúmes. Nunca falei de outro homem, meus ex-namorados eram todos amigos — e amigos dele, também. Nunca marmanjo algum na rua me chamou atenção. Jamais fiz comentários sobre galãs da televisão ou do cinema. Só podia ser isso. Ele achava que eu só tinha olhos para ele. Estava errado. Eu não tinha olhos nem para ele!

Numa noite, em casa, resolvi, de propósito, elogiar o galã da novela das oito. Falei dos olhos, da boca, sorriso perfeito. Marcelo respondeu que o ator era mesmo boa-pinta. E sabe que o cara era bem bonito mesmo? Eu nunca havia reparado. Além da beleza, uma voz grave, um jeito másculo. Depois passei dias elogiando o modelo de um comercial de desodorante, toda vez que aparecia. Que peitoral, que braços! No casamento de um primo, me peguei impressionada com as mãos do padre. Éramos padrinhos e, do altar, eu podia ver aquelas mãos enormes, gesticulando.

Marcelo nem aí. Ria dos meus comentários, quase sempre concordava.

— Realmente ele tem belas mãos. Você é muito boa observadora, meu amor.

Parece mentira, mas de tanto reparar nos homens para testar o ciúme do meu noivo, acabei tomando gosto pela coisa. De garotos de uniforme de escola a sessentões caminhando no parque, nada me escapava. Era incrível a variedade física de seres tão semelhantes em conteúdo. Altos, baixos, sarados, troncudos. Gordinhos charmosos, velhos ousados, jovens promissores, homens refinados, machos em estado bruto. Frequentei jogos de futebol, corridas de cavalo, mesas de sinuca, campos de golfe, salas de carteado, botequins barra-pesada e saunas mistas. Cheguei ao cúmulo de, nos restaurantes, querer sentar perto do banheiro masculino. Gostava de vê-los sair, muitas vezes ainda ajeitando a braguilha. Divertia-me também com o vício de coçar o saco, um esporte que une de moleques a velhotes.

Marcelo nada percebia do meu interesse — até então teórico — pelo sexo oposto. E se a fauna masculina tanto atraía minha atenção, o homem ao meu lado pouco atiçava minha curiosidade. Meu noivo seguia em seu mundo de aparências, do qual eu era parte fundamental.

Então resolvi que ia dar. Não para o Marcelo, claro. Só falar não adiantava. Ele tinha que desconfiar de algo concreto.

Comecei com ex-namorados mesmo. Convoquei os que mais me desejaram e sofreram com a separação. Para quem tinha desdenhado o sexo tanto tempo, até que foi bom. Com o tempo fui gostando mais ainda. E não só do ato em si. No antes, me excitava ver o teatro de sedução que faziam, o olhar de animais diante da presa, o corpo enrijecido de tesão. No depois, gostava de reparar os músculos extenuados, sentir a respiração ofegante, olhar pelos espelhos a barriga estufando e encolhendo lentamente. Tudo tão diferente da mulher: gravidade, aspereza, pelos, pressa.

Depois dos namorados antigos, foram colegas de trabalho, amigos de amigas, um vizinho e um vendedor de loja. Fui com cada um apenas uma vez. Ligavam, pediam, insistiam num bis. Nada feito. Marcelo não desconfiava, apesar de eu sempre deixar pistas. Um deles me deixou uma marca no pescoço. Outro ralou meu queixo com a barba cerrada. Encontrei com meu noivo duas vezes logo após os encontros, o cheiro de homem ainda no corpo. Ele nada sentiu. Declarava seu amor, falava de sua ansiedade, enaltecia minhas qualidades. Orgulhava-se de minha virgindade — que ele acreditava que ainda existia. Nunca vi um homem tão seguro.

Eu seguia em minha jornada pelo universo masculino. Depois de uma fase com adolescentes e outra com homens mais velhos, tive curiosidade pelos feios e cheguei a sair com uns gordos. Era uma espécie de assistência social. A maioria dos feios tinha bom desempenho, já que tinham que superar a falta de atributos. Eu já entrava na fase das aberrações quando Marcelo quis marcar nossa data de casamento.

— Não sei por que esperar mais para estar logo junto da mulher da minha vida.

Concordei. Casamos em três meses, tudo muito simples, no casarão da família dele. Nesse meio-tempo, como despedida de solteira, fiz meu *top five* e repeti os preferidos — um deles na véspera da cerimônia. Já não ligava mais para a falta de ciúmes do Marcelo. Ao contrário. Quanto mais seguro ele fosse, mais livre eu seria.

Da festa seguimos para a lua de mel na praia. Casa emprestada por um amigo do meu agora marido. Em nossa primeira noite, simulei resistência e dor.

Ele nada percebeu.

Depois não poupei esforços para lhe dar prazer. Em tantas camas de motel com dezenas de homens diferentes, eu tinha aprendido a ser uma amante sem limites, vergonhas, nojos.

Ele nada estranhou.

Não sei se Marcelo havia estado com outras mulheres enquanto eu dizia me guardar para o casamento. Mas acredito que não, porque ele urrou como um presidiário que não vê mulher por dez anos. Antes de finalmente desmaiar no travesseiro, me disse:

— Você é perfeita.

Custei a dormir pensando no quê, além da paixão, pode fazer um homem julgar uma mulher perfeita. O que eles esperam de nós, afinal? A resposta, concluí, já quase inconsciente, é que sejamos ambíguas. Que sejamos fortes e submissas, santas e putas, dedicadas e misteriosas. No fundo sabem que isso é impossível. Alguma metade é falsa. Mas nos compram mesmo assim.

Acordei ainda sob o efeito dos meus pensamentos. Marcelo foi pescar. Preferi um passeio. A praia deserta, minhas pegadas no chão e a metáfora a que tudo isso remete: caminhos, futuro, destino. Sentei numa pedra para olhar o mar. Três surfistas se alternavam em marolas sem graça. Depois de alguns minutos, um deles desistiu. No que se aproximava da areia, apertei meus olhos levemente míopes para focar melhor o rapaz. Não mais do que uns 20 anos, corpo dourado, os pingos da água brilhando ao sol. Eu nunca tinha tido um daqueles.

Importa muito pouco como fomos parar os dois num quiosque abandonado à beira-mar. Se fui eu ou o surfista quem deu a largada, já nem sei ao certo. Mas não chegamos ao melhor. Marcelo me procurava. E achou. Mais do que ciúme, vi surpresa nos olhos dele. Não chegamos a nos falar. Meu marido sumiu quase o dia todo. Esperei que voltasse à noite. Nada. De madrugada, pedi ajuda à polícia. Só na tarde seguinte a guarda costeira encontrou o corpo no mar.

Não deixou bilhete ou explicação. Resta a mim, a jovem viúva, falar do mistério que cerca o suicídio do Marcelo. Dou-me o direito de não exagerar. Sem lágrimas ou lamentações, digo apenas que sempre reparei um traço depressivo em meu falecido marido. Também dou-me o direito de não me arrepender de nada. Como todos os homens, Marcelo sabia que via uma miragem — e comprou assim mesmo.

Cristina
48 anos
Dentista

Aconteceu numa manhã chuvosa de domingo. Era junho. Acordei por volta das seis e meia. Tarde, diante da insônia que me assolava havia anos. Levantei da cama, dispensei os chinelos, lavei o rosto com água morna em vez de gelada. Ruy roncava. A boca, aberta. A barriga, para cima, subia e descia. Abri um pedacinho da persiana, olhei o tempo e pensei no meu dia. O café, o jornal, o almoço em silêncio num restaurante do bairro. À tarde, televisão e novos roncos de meu marido. A noite, prolongamento da tarde. Com sorte, alguém telefonaria — com uma novidade, um nascimento, uma morte repentina.

Domingos convidam qualquer um a mudar de vida. Naquele dia não houve convite, mas intimação. A segunda-feira viria implacável, com seu inconfundível cheiro de realidade, antessala de mais uma semana insípida, túnel para mais um domingo como aquele. Não, pensei. Não.

O problema era começar. Por onde? O trabalho, no consultório herdado do papai, não me incomodava. A rotina, os pacientes costumeiros, a facilidade em manter um bom nível de vida cuidando dos dentes alheios não eram a causa da minha inércia. Ao contrário: davam-me tempo para pensar na vida, fazer longos almoços com as amigas e escrever pequenos poemas que — quem sabe? — um dia eu ainda tornaria públicos. Não ganhava mal, a casa era própria, tivemos um filho só que já estava criado, estudando fora. Eu preferi assim, ficar no filho único. Seria melhor, convenci meu marido. Assim poderíamos viajar pelo mundo, voltar tarde da noite, passar deliciosos domingos a dois. Nada que tivesse realmente acontecido, claro. O problema, dedução óbvia e anunciada, era o meu casamento. Eu já sabia disso, cada dia me informava do triste cenário em que eu vivia. Mas até no pensamento precisamos oficializar certas coisas.

Ruy e eu não temos grande diferença de idade, mas quando nos conhecemos ele agia como se fosse muito mais velho do que eu. Um ar superior, lições de moral, frases feitas, conselhos e provérbios — talvez empolgado por estar se formando advogado. Ele era uma espécie de livro de autoajuda ambulante. Enquanto falava sem parar em nossos encontros, eu só ouvia. Ouvia, observava e ia aprendendo sobre ele. Sua lógica própria, seus valores, as palavras de ordem, o jeito de fingir segurança, as reações diante do mundo. Quando casamos, oito meses depois, eu já sabia tudo sobre o Ruy. Quem disse que homem não vem com manual? Era o que eu repetia, feliz, a todas as minhas amigas.

Aprendi logo como dar ao Ruy a ideia de que a última palavra era sempre dele. Os homens adoram achar que decidem as coisas. Um exemplo simples: um dia eu acordo com vontade de ir à praia. Mas sei que o Ruy não gosta. Branquelo, tem que se entupir de protetor solar, e ainda assim fica todo empolado. Então, já no café da manhã, faço cara de tristeza.

— O que foi...?

— Nada...

Deixo ele insistir um pouco e desistir de apurar. Depois solto:

— Que dia lindo, não acha? O céu está muito azul...

Vou até a janela, depois volto e me sento com cara de enterro novamente. Então comento:

— Eu estou tão amarela... Mas a praia deve estar cheia demais, nem pensar.

Em menos de dois minutos Ruy está à cata de nossa barraca, colocamos as cadeiras no carro e partimos. Ideia dele.

Sempre foi desse jeito, desde acontecimentos do cotidiano até questões mais sérias. Filhos, por exemplo. Tivemos um só, mas ele queria dois. E durante um bom tempo insistiu na ideia de tentar um casal. Quando o Juninho fez 1 ano, Ruy começou a falar na menininha. Hora de usar o que eu tinha aprendido. Primeiro, fiz eco aos seus desejos. Disfarçar é sempre importante. Cada menina que passava na rua era alvo dos meus comentários mais apaixonados. Então chegou a hora de agir. Por dois ou três meses, fechei as pernas. Nossa vida sexual sempre foi ali, na média, duas vezes por semana, às vezes uma, às vezes três. Passei a alegar cansaço e dormir rápido. No começo, o Ruy compreendia. Depois passou a reclamar.

— Eu não sei o que há comigo. Não tenho vontade. E o Juninho acorda muito cedo, sem falar que me chama muitas vezes de madrugada...

O passo seguinte foi chamar a Vera, minha amiga de infância, para uma visita. Separada, ela tinha dois filhos pequenos. O cara arrumou uma amante e Vera não perdoou. Mas o Ruy não sabia que era esse o motivo. No almoço, minha amiga seguiu meu roteiro:

— Eu amo meus filhos. São a minha vida. Faço tudo por eles. Mas que afastam o casal, ah, isso afastam. Em vez de marido e mulher, viram pai e mãe. Olha, eu não queria entrar em questões íntimas, sabe... Mas sexo lá em casa era uma raridade. Deu no que deu. Cada um para o seu lado...

Ruy lançou-me um olhar cúmplice, mas eu tratei de mudar o rumo da conversa. Não toquei no assunto com ele. Mas segui na greve de cama. Não deu uma semana, a mãe dele perguntou sobre mais um neto. No que ele respondeu:

— Mamãe, ainda estamos pensando se queremos mais um.

Era hora da cartada final. Naquela noite, aos prantos, questionei meu marido sobre aquele comentário:

— E nossa menininha...?

Ruy alegou que poderíamos ser felizes só com o Juninho. O importante era estarmos unidos. Choraminguei mais um pouco e disse que ele tinha razão. Em poucos dias, a terra voltou a tremer lá no quarto.

Bom, tremer é modo de dizer.

Não casei virgem, mas Ruy foi o primeiro. E único, diga-se de passagem. No começo até que era bom. Eu estava conhecendo o sexo, então pouco importava se quem estava ali era ele ou qualquer outro. Com o casamento, caímos na rotina rapidamente. Mal fizemos um ano juntos, eu só conseguia chegar ao orgasmo sozinha, no banho ou quando o Ruy já tinha dormido. Mas ele, é claro, pensa que nunca me deixou na mão.

Quando se trata de fingir orgasmo, toda mulher é uma Fernanda Montenegro. Por que eu fingia sempre? Muito simples. Para acabar logo. Experimente dizer a um homem: Olha, eu não estou a fim hoje, nunca vou chegar lá, mas você pode me usar, desde que seja rapidinho, tá bom? É que eu quero fazer as unhas, ler minha revista, dormir... Mas vai fundo, fica à vontade, só não passa de dez minutos, ok? "Imagine se eles iriam concordar! Nunca. Para eles isso é quase como brochar. Os homens querem que a gente goze. Dizem que é porque têm prazer com o nosso prazer, mas, convenhamos, é mentira. Os homens precisam do nosso gozo no currículo. Cada gemido feminino engrandece o mundo interior de cada macho.

Sem falar no medo e na desconfiança que um ato de sinceridade feminina suscitaria: "Se ela não está feliz comigo, o que será que anda fazendo ou que está prestes a fazer por aí?"

Para evitar uma coisa ou outra, finjo sempre. Pelo menos o Ruy sempre foi rápido, é uma qualidade do meu marido que eu não posso negar.

Com o tempo, nem precisei mais lançar mão das minhas estratégias para conseguir o que queria. Qualquer comentário meu, o Ruy concordava. Parou a pelada das quartas-feiras com os amigos. Tirou a barba. Deixou de usar cuecas samba-canção. Jogou fora os álbuns de figurinhas amareladas que guardava desde pequeno. Nas festas, não passava de duas cervejas. Abandonou o charuto. Fazia o supermercado, acordava mais cedo para levar o Juninho na escola, ia às reuniões de condomínio para eu poder ver a novela. Nunca deixou a toalha molhada em cima da cama ou a caixa de leite vazia dentro da geladeira.

No começo era bom, era ótimo. Que mulher não sonha com esse marido que realiza todos os seus desejos?

O problema é que, passados alguns anos, Ruy tornou-se, com o perdão da palavra, um babaca. Não conseguia decidir nada. A palavra iniciativa foi banida de seu vocabulário. Burocrático com o trabalho, desanimado com a vida, rei do tanto faz e do qualquer coisa. Aos 17, Juninho partiu para um intercâmbio nos Estados Unidos, conseguiu uma bolsa de estudos e passou a vir só nas férias. Por meses, Ruy reclamou de termos mandado nosso filho para lá. Quase enlouqueceu quando o menino passou a chamar o casal que o recebeu no Colorado de *mummy and daddy*. Passou a falar mal dos presidentes e da política externa americana a todo momento e em todos os ambientes. Apesar de estar cansada do assunto, eu até gostava de ver que o Ruy ainda conseguia esboçar opinião sobre alguma coisa nessa vida. Gostava de vê-lo, o rosto vermelho, exaltando-se na hora dos noticiários. Mas passou logo.

Então, naquele domingo chuvoso (em que dispensei os chinelos e caminhei até a cozinha pela ardósia gelada já sabendo o que me esperava nas próximas 24 horas e no resto da vida), fiz um balanço da minha situação. De hoje até a morte, nada vai acontecer no meu casamento, foi minha conclusão. Ruy e eu mal nos falamos, não saímos para lugar algum. Não há nada que o motive. Nem o trabalho, nem um programa, nem qualquer pessoa — e muito menos eu. Vinte anos de casada e já sei o que é a viuvez. Um estado que em nada me deixaria contrariada não fosse por um aspecto: meu marido estava vivo. Então naquele domingo acordei decidida a tornar-me o que de fato era. Ruy tinha que morrer.

Não bastava pedir o divórcio?

Não, não bastava.

Vou repetir: foram vinte anos de vida em comum. Vinte carnavais, cinco Copas do Mundo, dezenas de dias santos, centenas de aniversários familiares. E milhares, milhares de domingos. É muita coisa. Bom ou ruim, está tudo entrelaçado, duas histórias que viraram uma só. Claro que eu li em tudo que foi revista feminina que os casais precisam ter sua individualidade, interesses diversos. Para ter o que trocar, o que conversar, é o que dizem. Só que não vêm na revista uns tíquetes de sessões de psicanálise, para tirar de dentro da gente aquele modelo de casal que os pais ensinaram.

Até pouco tempo depois de meu casamento, eu costumava dizer: meus pais foram felizes. Hoje duvido. A verdade é o reverso da canção: não é possível ser feliz acompanhado. O problema é que nem sozinho. Então não é possível ser feliz de jeito nenhum? Na viuvez é possível. Bingo! Foi o clique que me deu naquele domingo frio que nem ardósia. Então, voltando: para eu seguir em frente só por cima do cadáver do Ruy. Para eu existir de novo, só se ele sumisse. Desaparecesse.

Fato.

Não, eu nunca havia pensado em matar ninguém. Claro que não, sempre fui uma moça de família, católica, temente a Deus, me esforçando por um quinhão do céu. Só que quando o inferno é aqui, essas questões morais não valem muita coisa.

É claro que se eu tivesse contado isso para alguma das minhas amigas, ela teria rido. Claro que eu não estava falando sério, elas diriam (e ririam), entre *bruschettas* e *margaritas.*

Eu estava.

Não seria fácil, eu sabia. Impossível simplesmente comprar uma arma e meter dois tiros na cabeça do Ruy. Sangue demais, barulho demais. Perigoso demais. E a última coisa que eu desejava era ser uma viúva trágica. Deus me livre desse papel. Não seria atriz tão boa para tamanha choradeira. Tudo por que eu ansiava era um momento de falsa resignação — para depois poder seguir em frente. Vida que segue, eu repetiria, vida que segue. Uma frase que não combinaria com tiros à queima-roupa.

Passava meus dias pensando em como fazer aquilo. Eu poderia ser pega. Sempre tive minhas estratégias, sei mentir — treinei com o Ruy por muitos anos —, mas coisa tão complicada exige experiência. O que eu não tinha, nem com todos os filmes já vistos. Não seria fácil. Por algum tempo, imaginei muitas mortes para meu marido. Atropelado na volta do banco. Afogado na piscina do prédio. Enforcado num assalto. Todas más ideias por um só motivo: eu precisaria de um cúmplice qualquer. Desisti.

Dois meses se passaram. Neide, nossa empregada, reclamou de baratinhas na despensa. Ruy mandou dedetizar a casa. Ele sempre teve horror a insetos. Eu continuava na busca por uma ideia. Quem sabe eu não o fazia beber inseticida? Ou mata-ratos? Nada mal. Um problema, porém, me mantinha acordada de madrugada —, enquanto Ruy roncava: no caso de morte por envenenamento — coisa que não é obra de assaltante, claro —, recairiam sobre mim as suspeitas? Poderia ter sido a Neide. Um conhecido do banco. O cozinheiro do restaurante a quilo aonde íamos aos domingos. Mas por que essas pessoas teriam interesse em tirar Ruy do mapa?

E eu? Seria, afinal, suspeita por quê?

Ruy nunca teve seguro de vida. Sua morte não me levaria a Bora Bora com um garotão de 20 anos. Nem a Campos do Jordão por mais do que uma semana. O apartamento era de meu pai, nossos carros eram simples, não faria sentido nenhum motivo financeiro como móvel de um crime realizado por mim. Não brigávamos, nem em público e nem em casa. Neide não teria o que dizer, nem porteiros nem aquelas testemunhas que nessas horas aparecem dizendo que presenciaram a briga do casal num posto de gasolina na estrada. O máximo que os fregueses do restaurante da esquina poderiam falar era sobre o nosso silêncio. Eles mal se falavam, diriam. Ele olhava a televisão o tempo todo e ela um dia falou no celular durante toda a refeição, alguém haveria de lembrar Mas isso seria suficiente para me tornar suspeita?

Deixei a ideia do veneno adormecer um pouco. Não passava pela minha cabeça transformar minha vida em depoimentos, desconfianças, olhares dos familiares e vizinhos. Sem falar, é claro, que alguma coisa poderia dar errado, de fato. Prisão, já pensou? Era melhor aquela prisão domiciliar, moral, autoimposta. Começava a pensar em desistir — o que me deprimia. Mas tudo mudou quando Ruy quebrou o tradicional silêncio de um almoço:

— Essa gastrite está me matando.

Ruy tinha gastrite quando criança. Faltava à escola muitas vezes por causa disso. Durante a juventude, melhorou bastante. Quando casamos, não sentia nada; abusava da comida. Nos últimos três anos, voltara a ter dores no estômago, fortes, mas não muito regulares. Não reclamava desde o Natal. Até que naquele dia passou muito mal. Foi quando me veio a grande ideia. Finalmente tantas aulas de bioquímica poderiam ser usadas em causa própria! Dispensamos a sobremesa e fomos para casa. Uma pena, porque eu estava louca por um papo de anjo!

Enquanto Ruy tomava banho, revistei o armário em busca dos remédios que ele costumava tomar. Duas cápsulas coloridas, inibidores gástricos de dois tipos, um deles para as maiores crises. Separei cinco de cada e guardei na minha bolsa. Depois fui para a sala e liguei a televisão, como de costume, e lá fiquei até a hora de dormir.

O dia seguinte foi um domingo diferente. Dormi como uma criança, até quase dez horas. Apesar da ansiedade, apesar dos roncos, apesar dos sonhos loucos com uma infância de anjos de gesso, muros de pedra, vozes desencontradas, televisores em preto e branco, discos de vinil arranhados, prêmios em palitos de sorvete e cores proibidas. Acordei faminta, devorei torradas com manteiga, presuntos, salaminhos e chocolate quente. Uma delícia, especialmente diante da dieta insossa do Ruy. Parti para uma caminhada pelas ruas vazias. Andando, eu pensava, e pensando, me alegrava. Gargalhei diante do boteco lotado de homens que viam a Fórmula 1, como garotos que brincam com o autorama que um deles ganhou do pai. Homens são sempre meninos quando em grupo. Espelham-se uns nos outros, perdem a identidade, viram bando, todos iguais, inocentes crianças sorridentes. Como é que os homens dominam o mundo?

Passei num jornaleiro, folheei revistas, livros de bolso com romances de heroínas sofredoras e apaixonadas. Algo em que eu não botava os olhos desde garota. Sabrina. Julia. Traições, reencontros, revelações, sexo, mentiras. Finais felizes.

Sentei num banco de praça, comprei um algodão-doce, acompanhei a ciranda de duas meninas gêmeas. Quando criança, sonhava ter uma irmã gêmea. Gêmea idêntica, daquela que serviria para enganar todo mundo. Cheguei a imaginar que nossa mãe esconderia uma de nós e, para o mundo, seríamos uma só menina. Uma identidade, mas dois corpos, duas almas. Uma sempre escondida, a outra em ação. Viver a metade? Ou o dobro? Meia vida ou duas vidas? Poder estar ao mesmo tempo em dois lugares era ter sempre um álibi. Quem dera eu tivesse minha gêmea agora — e meu álibi.

O passeio me fez muito bem. Por que eu não fazia isso todos os dias, ou pelo menos todos os domingos? Ruy que ficasse em casa, com ou sem gastrite, e eu iria à vida. À primeira vista, ele não era obstáculo para nada. Engano. Esse homem com quem eu mal trocava palavras — mas cujo ronco cortava o silêncio que as madrugadas merecem — tinha sido, sim, empecilho para eu que eu fosse outra pessoa. Ainda era.

À tarde, o telefone tocou. Minha irmã. A sogra tinha morrido. Depois de meia hora de relatos sobre o derrame, avisou-me que o enterro seria no dia seguinte, de manhã. Mas eu tinha outros compromissos. Breve lanche sozinha, televisão no fim do dia. Ruy gemia a cada cinco minutos. Olhei o perfil do homem com quem me casei e não tenho vergonha de confessar que não sentia absolutamente nada por ele. Meus planos poderiam produzir a ilusão de que eu o odiava, mas nem isso.

Não sei quem adormeceu primeiro.

Segunda-feira acordei cedo e saí. Deixei Ruy prostrado, na cama. As crises costumavam durar 48 horas. Passei na farmácia da esquina do consultório e comprei um vidro de aspirinas e outro de anti-inflamatórios. Olhei as bulas só por via das dúvidas: altamente desaconselháveis em casos de gastrite crônica. Em menos de meia hora triturei os comprimidos e guardei num vidro grande

Peguei uma parte, abri com cuidado as cápsulas do Ruy, esvaziei e preenchi com o pó dos outros remédios.

Tratei dois canais e voltei para casa na hora do almoço. Ruy estava melhor. Disse que tinha pedido à Neide que fizesse uma comida bem leve, sem muito tempero e que passaria a comer mais em casa. Acreditava que era a comida da rua que estava fazendo mal ao seu estômago e, além de tudo, estava tudo mais do que tranquilo no escritório.

— Você já tomou seus remédios hoje? — perguntei.

— Tomei de manhã cedo e tomo de novo daqui a pouco.

— Deixa que eu vou pegar!

Eu não podia exagerar. Não éramos dados a gentilezas, Ruy e eu. Especialmente eu.

— Estou indo no quarto mesmo, trago para você — disfarcei.

Foi assim por bastante tempo. Organizei meus pacientes para estar sempre em casa na hora do remédio do almoço e do da noite. Depois simplesmente troquei o conteúdo de todas as cápsulas e deixei que ele mesmo tomasse. Passados dois meses, Ruy havia piorado. Acordava sempre com muita dor de estômago e passava o dia na cama, vendo televisão. Depois começou a ter náuseas e vômitos. Procurou outro médico, passou a tomar novos remédios. Levei as cápsulas para o consultório e repeti os procedimentos.

Nos momentos de crise, eu tinha pena do Ruy. Um sentimento misturado, porque ao mesmo tempo que achava chato alguém sofrendo ao meu lado, aquilo significava que meu plano estava dando certo.

Às vezes eu dava um jeito de fazer ele beber os medicamentos de verdade. Era uma forma de equilibrar as coisas, de manter tudo sob controle. Desse jeito eu também o convencia a não mudar de médico a toda hora. O único problema é que, com essa tática, eu não chegaria aonde queria. Isto é: meios-termos não seriam suficientes para matar meu marido.

Eu não sou má. Nesses meses todos cheguei a pensar em desistir. Uma vez, mas pensei. Foi quando sonhei com meu pai. Ele me pedia que largasse esses meus planos. Estávamos na cozinha da casa de minha avó, mãe dele. Reconheci pelas panelas e frigideiras de bronze penduradas no teto, algo que na minha infância parecia assustador. No sonho eu era criança, mas ele não mandava em mim, como fazem os pais. Pedia apenas, como quem pede por favor um copo d'água, que eu não matasse meu marido. As mulheres ganham maridos pelo estômago, ele me dizia. Você quer matar o seu pelo estômago? É, eu queria, sim, respondi, balançando as panelas e frigideiras que já não me assustavam. Papai insistiu. Disse que não era aquela a educação que ele tinha me dado. Falei que era tarde demais. Que ele me via criança, mas eu havia crescido.

Papai então começou a botar cartas de baralho na mesa. Ignorou minha presença, deixando-me sozinha no meu sonho. Ele adorava o sábado de pôquer com os amigos, era bom no jogo. Mamãe não gostava. Queria ir ao teatro, ao cinema, à casa dos amigos. Já adolescente, eu dizia a ela: "Por que você não vai sozinha ou com suas amigas, mamãe?" Ela respondia apenas que não conseguia.

Mamãe me entenderia, assim como eu a entendo agora.

O sonho me deixou um pouco insegura, vacilante. Não pelo Ruy, mas porque nunca consegui me desvencilhar da ideia de que sonhos podem ser sinais. Baboseiras femininas que passam de mãe para filha e nos aprisionam. Sinais, destino, sorte, astros. Eu tinha que fugir daquilo tudo. E o melhor jeito era seguir em frente.

Pouco mais de três meses depois, Ruy fez uma endoscopia que mostrou a transformação da gastrite em úlcera. O médico receitou novos remédios — o que estava sob meu controle — e prescreveu uma dieta rigorosíssima. As coisas precisavam andar mais rápido, então era hora de sabotar a comida. Só que para isso eu tinha um obstáculo: Neide.

Nossa empregada era filha da babá do Ruy. Mal casamos ela veio cuidar da nossa casa. Tomou conta do Juninho e sempre organizou tudo no vácuo da minha falta de interesse doméstico. Era simplesmente impossível, de uma hora para outra, eu querer assumir a cozinha e fazer as comidas para meu pobre maridinho doente.

Neide precisava sumir.

Não, eu não pensei em matá-la. Tenho meus limites. Além de tudo, duas mortes, que trabalhão!

Empregadas são muitas vezes demitidas por suspeita de roubo. Neide era de confiança demais para isso. Mas seria a palavra dela contra a minha. Nenhuma chance de dar errado.

No dia seguinte reclamei com o Ruy do meu relógio quebrado. Pulseira de couro, bem vagabundo, mas era o que eu gostava de usar no dia a dia.

— Não posso perder a noção da hora, vou ter que usar aquele de ouro que minha mãe me deu — anunciei.

Ruy comentou que era bom eu ter cuidado com assaltos por aí. Ótimo. Ele sabia o valor daquela joia.

Passei dois dias com o relógio de ouro no pulso. No terceiro, à noite, tomei o cuidado de pedir ao meu marido que o colocasse para mim na pia do banheiro, quando o vi indo tomar banho.

— Na pia do banheiro — repeti.

Neide estava no curso de gastronomia que Ruy fizera questão de pagar para ela. Voltaria tarde. Assim que ele dormiu, fui ao quarto de empregada e deixei a joia no fundo de uma gaveta.

Na manhã seguinte cobrei:

— Ruy, você deixou meu relógio na pia mesmo?

Garantiu que sim. Fui para o consultório. Voltei na hora do almoço e recomecei a procura. Preocupado, Ruy me ajudou na busca no banheiro, no quarto, na sala. Poderia ter caído no caminho, ele argumentou. Pediu ajuda à Neide, que reforçou a procura. Nada encontrado, no meio da tarde pedi que ela fosse à padaria. Estranhou. Não tínhamos o hábito de tomar lanche.

Mal ela saiu, disse ao Ruy que tinha um lugar onde não havíamos procurado. Cara de interrogação, me seguiu até o quarto da Neide. Vasculhei tudo, sob as críticas de meu marido. Ela seria incapaz disso, garantia. Deixei a gaveta em questão quase por último. Enfim o relógio surgiu nas minhas mãos. Simulei surpresa. Mas nunca esqueci da expressão de incredulidade e horror no rosto do Ruy. Provavelmente maior do que se por acaso ele viesse a saber que eu queria assassiná-lo, pensei na hora — o que me deu enorme vontade de rir.

Não chegamos a dizer muita coisa. Fomos para a sala e sentamos no sofá, à espera da Neide.

Ela não demorou mais do que 15 minutos. E eu não vou perder tempo contando detalhes do que aconteceu. Em meia hora ela estava fazendo as malas. Não chorou, não reclamou. Apenas olhou para nós embasbacada o tempo todo. E ainda tinha um ponto de interrogação na cara quando fechou a porta. Ruy jogou-se na poltrona, a mão sobre o estômago.

— Como vai ser agora? Nós vamos arrumar outra empregada?

Não. Contratei uma faxineira uma vez por semana e assumi a cozinha. Fui aos pouquinhos enchendo os pratos de pimenta, alho, cebola. Um dia diminuía para não dar na vista — digo, no paladar. Sorte minha que Ruy é um avoado. Gosta de fazer as refeições em frente à televisão, não presta muita atenção à comida. Chegou a me elogiar, já que vinha comendo os pratos insossos da Neide. Passou a comer mais, quando os doentes de gastrite devem fazer muitas refeições em pequenas quantidades. Tudo no caminho certo.

Mas o que Ruy comia era o de menos. Cebola, alho, frituras disfarçadas ou a quantidade de comida eram coadjuvantes no espetáculo do ácido acetilsalicílico que ele ingeria duas vezes por dia. Quando eu deitava, à noite, imaginava seu estômago sendo corroído, o esôfago em frangalhos, o aparelho digestivo em erosão...

Ruy piorou. Vomitou sangue. Fomos ao médico. Foi marcada uma endoscopia. O resultado: úlcera gástrica. Lesões nas paredes do estômago.

Mais remédios, mais dieta.

Mais cápsulas trocadas, mais comidas temperadas.

Menos de um mês depois do diagnóstico, ele parou de ir ao escritório. Passava o dia deitado, vendo televisão ou dormindo. Uma noite vomitou muito e pediu minha ajuda.

— Segura minha mão?

Aquela aproximação não estava no roteiro. Hesitei, mas estendi a mão.

Naquela noite pensei em Juninho. Nosso filho estava namorando firme, estudando, trabalhando. No último Natal não viera. Passara com a família da moça em Salt Lake City. Já eram nove anos nos Estados Unidos, o contato conosco cada vez menor. Ficaria muito triste se o pai morresse, mas bem longe do sofrimento de quem está perto. Mas eu não desistiria mesmo que não fosse assim. Filhos, ainda mais adultos, têm suas vidas. Eu também merecia a minha de volta.

Ruy adormeceu, a insônia me pegou. Nada de culpa, era só ansiedade. Liguei a televisão, passei os canais da frente para trás e de trás para a frente umas vinte vezes. Parei num programa sobre obras de arte. Munch. *O grito*. Eu tinha visto pela primeira vez na escola, num livro sobre os quadros mais famosos do mundo. Gostei mais de *Guernica*, do Picasso. Mas agora *O grito* me parecia mais impressionante. A obra, dizia a repórter na TV, fora exposta pela primeira vez em 1893. Era o último quadro de um conjunto de seis peças, intitulado... *Amor*. O objetivo de Munch era representar as várias fases de um caso amoroso, desde o encantamento inicial a uma rotura traumática. *O grito* era o fim. A angústia do fim.

Fiquei em estado de choque. *O grito* não era a sensação da guerra, do caos, do apocalipse. *O grito* era o fim de um relacionamento. Entrei no quarto onde Ruy dormia um sono agitado, cercado de remédios falsos e uma bacia cheia de vômito. Ele era o pior da minha vida, a pior parte de mim. Que morresse.

Acordei às seis da manhã com os gemidos do Ruy. Desconforto total, queimação, dores. Mais náuseas e vômitos. Às nove, quando eu já estava na porta, saindo para o consultório, ouvi que ele urrava de dor, no quarto.

— Acho que preciso ir para o hospital — cheguei a escutar.

Então saí e bati a porta.

Na portaria, o celular tocou. De casa. Não atendi. Avisei ao porteiro que, caso meu marido o chamasse, que ele avisasse a mim primeiro, mesmo que fosse urgente. Eu já tinha sido síndica três vezes, ele saberia me obedecer.

Ruy não chamou ninguém. Quando cheguei em casa na hora do almoço, estava caído no chão, entre o quarto e o banheiro. Mesmo desacordado, gemia. Meu primeiro pensamento foi: "Por que ele não ligou para ninguém?" Eu não atendia, mas ele poderia ter pedido a ajuda de um vizinho, de um amigo, de um parente. Ruy era um idiota. Minha vontade era de pegar um travesseiro e sufocá-lo logo de uma vez. Mas eu já tinha esperado tempo demais para botar tudo a perder num momento de ansiedade.

Chamei a ambulância.

Seguimos para o hospital. Perfurações, hemorragia.

Depois de algum tempo, o médico veio falar comigo.

— Houve perfuração e vazamento do conteúdo gástrico para a cavidade abdominal. Seu marido está com uma grave infecção. Vamos precisar operá-lo com urgência. É preciso fechar o buraco.

Quase perguntei se Ruy corria risco de morte. Mas achei que era melhor que o médico achasse que eu não contava com a hipótese da morte.

Engraçado. Quando se tem um plano como este — atentar contra a vida de alguém, de alguma forma —, o mundo se transforma num teatro ininterrupto. Cada segundo, um ato. Em cada fala, o perigo de soar falso, revelar a mentira. O silêncio passou a ser meu maior aliado. Falar era deixar rastros. Ou pelo menos, no meu novo mundo, era assim que eu enxergava.

Eu ainda não tinha parado para pensar no que faria depois de tudo. Depois da morte do Ruy. Enquanto a cirurgia acontecia, sentada na lanchonete do hospital, pela primeira vez tive algumas ideias. Nosso apartamento era muito grande. Poderia vendê-lo, comprar algo menor. Com a diferença, faria belas viagens. Sempre sonhei em conhecer Bora Bora. A pensão do Ruy seria bem razoável. Mais o consultório, eu teria uma boa vida. Queria ficar em casa o menos possível. Talvez um curso de história da arte ou filosofia. Voltar a nadar. Fazer dança de salão. Quem sabe me apaixonar de novo? Uma mulher sentada na outra mesa me olhava. Reparei que eu estava sorrindo. Um largo sorriso, que rapidamente fechei. Meu marido estava na mesa de cirurgia.

Quando o médico veio falar comigo, vi, vi pelo semblante tranquilo, que as notícias não eram boas. Digo: não eram boas para mim.

— Correu tudo bem, agora vamos acompanhar a evolução do quadro.

Algumas horas depois pude ver o Ruy. Abriu os olhos, viu que era eu. Não esboçou qualquer reação nem disse coisa alguma. Fiquei ali parada, ao lado da cama, também sem qualquer ação. Como no silêncio dos almoços.

Depois de um tempo, senti que ele adormeceu. Foi quando olhei os tubos que o alimentavam. Agora o soro, futuramente algum tipo de pasta.

Tirei da bolsa uma seringa. Flúor, 500 miligramas. No estado dele, eram mais do que suficientes. Injetei no tubo. Saí do quarto. Uma enfermeira passou por mim e sorriu, com pena.

Em casa, fiquei esperando notícias. Quando telefonaram, voltei ao hospital. O médico, surpreso com a parada cardíaca, estava transtornado. Foi a vontade de Deus, eu lhe disse, tristemente.

— A senhora vai requerer uma necropsia?

— Não. Não vejo necessidade.

Dizem que Bora Bora é o lugar do planeta onde acontece o maior número de relações sexuais *per capita* por dia. Devem estar certos. Da varanda do meu bangalô, minha visão é sempre a mesma: no centro da moldura de dezenas de tons de azul, do céu e do mar, *honeymoon couples* arrulham felizes. Beijos, abraços, carinhos, sorrisos. Estão no paraíso. *Amore, mon amour, meine liebe...* Não conseguem se descolar, rolam os corpos nas águas cristalinas, confundem-se entre pareôs coloridos e papoulas gigantes. Somos os reis do mundo — é o que dizem seus gestos, seus rostos.

Olho suas faces avermelhadas de sol e de paixão. Em pouco tempo cada uma delas vai encontrar a deformação. Penso em Munch e ouço minha própria gargalhada enquanto termino meu Mahi-Mahi com queijo cremoso.

Você ainda está se perguntando por que, afinal de contas, resolvi matar meu marido?

Então você deve ser homem.

Este livro foi composto na tipologia Minion Pro Regular, em corpo 12/18, e impresso em papel off-white 90g/m² no Sistema Cameron da Divisão Gráfica da Distribuidora Record.